Time

岁月知道我爱你

Love

文化妞儿 主编

SPM 南方出版传媒 广东人民出版社
·广州·

图书在版编目（CIP）数据

岁月知道我爱你 / 文化妞儿主编 . — 广州：
广东人民出版社，2020.6
ISBN 978-7-218-14056-8

Ⅰ.①岁… Ⅱ.①文… Ⅲ.①散文集—中国—当代
Ⅳ.① I267

中国版本图书馆 CIP 数据核字（2019）第 271064 号

SUIYUE ZHIDAO WO AI NI

岁月知道我爱你

文化妞儿　主编

出 版 人： 肖风华

责任编辑： 刘　宇　李力夫
责任技编： 吴彦斌　周星奎
装帧设计： 居　居

出版发行： 广东人民出版社
地　　址： 广州市海珠区新港西路 204 号 2 号楼（邮政编码：510300）
电　　话：（020）85716809（总编室）
传　　真：（020）85716872
网　　址： http://www.gdpph.com
印　　刷： 天津丰富彩艺印刷有限公司
开　　本： 880mm×1230mm　1/32
印　　张： 7.5　　**字　　数：** 118 千
版　　次： 2020 年 6 月第 1 版
印　　次： 2020 年 6 月第 1 次印刷
定　　价： 42.00 元

如发现印装质量问题，影响阅读，请与出版社（020－85716849）联系调换。
售书热线：（020）85716826

目 录

c o n t e n t s

Chapter 01

生 活 真 相 or 吉 光 片 羽

Chapter 02

故 事 和 酒 or 梦 和 远 方

Chapter 03

失 恋 咖 啡 or 分 手 街 道

IV

Chapter 04

低卡物欲 or 半糖主义

Chapter 05

乍见之欢 or 久处之乐

Chapter 01

生活真相 or 吉光片羽

温柔女人
最好命

年轻的时候，我认为温柔不过是一个女生的小家子气，是不够大气的个性表现，后来才逐渐明白，温柔不是与生俱来的气质，而是长久岁月里慢慢绽放的花，命运长河里渐渐磨平的棱角，情感生活中一点一点绽开的笑容。

每个女生都有意气风发、趾高气扬的少女时代，那时候的我们崇拜《我的野蛮女友》中的全智贤扮演的角色，认为只有有脾气的女生才讨人喜欢。

长大后的我们每天都被强灌“鸡汤”，如女生要独立、要勇敢，要披星戴月、要披荆斩棘，要在受伤后立刻爬起来迎着风直起腰。

逐渐地，女生越来越独立，越来越刚强，个个都渴望变成女强人。

有人开始发问：现在的女生怎么一点都不温柔？

我也问过身边的几个女生，温柔的定义是什么。

她们撇撇嘴说，不就是嗲着声音说话，没有主意，连瓶盖都拧不开吗？

我笑了笑，果然啊，她们都不懂什么是温柔。

我有一个朋友，高中时期是个小太妹，拿着钢管打爆过男生的头。

很多次，她和不同的男朋友当着大伙的面吵到不可开交，有几次甚至动了武力。

怎么说呢，就像两枚火种，不把对方烧到灰飞烟灭，绝不罢休。

当时的我在想，所谓轰轰烈烈也不过如此了吧。

大学几年，我们没怎么联系。半年前，我在咖啡厅和她偶遇，差点没认出来。

倒不是变得多漂亮，而是她眉间太舒展了，整个人像一汪湖水，看起来平和极了。

她笑了笑，对过往的事有些害羞。她说，小的时候，她总以为女生温柔就会被欺负，于是她竖起满身的刺，想要保护自己，却发现自己的刺伤了别人，也让自己不好受。

大学期间，她的家里发生了很大的变故，父亲破产，最爱的奶奶也死于癌症。

似乎一夜之间，她的刺全部脱落。她第一次温柔地安慰母亲，母亲吃惊地看着她，随即抱着她哭了一夜。

那时候，她就发现，温柔不是软弱，相反，温柔是对抗所有坚硬的天敌。

工作的时候，我的顶头上司是个冷面美人，平时总是一副不苟言笑的样子，我们都猜测她的家庭肯定不幸福。

有一天，我逛超市的时候，看见了她和她老公。

她穿着素色的衬衣，没有化妆，认真地和她老公一起挑选蔬菜。在拐角的时候，趁别人不注意，她还偷亲了她老公一下。

我站在后面，不敢相信眼前这个温柔的女人是她。

后来我发现，在和睦的家庭里，一般有一个家庭成员很温柔。这个成员可能是脾气好的母亲，也可能是总是谦让的父亲。

你不得不承认的是，一个家庭的幸福和家庭成员的温柔成正比。

林志玲在娱乐圈内好评不绝，这个四十多岁的女人，至今还是很多宅男的女神。很多人认为她的优点是美貌和娃娃音，可你只要认真地看一下她的采访，你就会发现，这个女人从内到外，温柔得体得让人移不开眼。

有很多人夸黄渤幽默，却很少有人发现他的温柔。他在很多场合的高情商表现，都有温柔作为底蕴——态度谦卑、彬彬有礼，何尝不是一种温柔？

温柔大概是世间所有美好气质的总和，是对一个人的最高夸奖。

很多人会误解，认为温柔是无休止的忍耐与退让，恕我直言，那不是温柔。真正的温柔不是气场微弱，而是一种“随风潜入夜，润物细无声”的力量。

如今有一个普遍的现象，很多大龄剩女都是工作能力强、性格也锋利的女人。她们活得精致，却总也等不来爱情，她们看不上那些挽着男人手臂撒娇的女生，觉得她们虚伪又做作。

可笑的是，她们明明知道，楚楚可怜就是比趾高气扬讨人喜欢，会撒娇就是比不会撒娇受人待见，温和的表情就是比愤怒的脸美。

她们以为这些都是别人故施的伎俩，却不知道这只是人家的温柔所附带的赠品。

以前流行一句话叫：撒娇女人最好命。其实仔细想想，你就会发现，撒娇不过是温柔的附属品。

所以说呀，好命的女人不一定会撒娇，但不好命的女人，大抵是不温柔。

仅愿世事崩溃之前，还能陪你变老

长大后，我们都会离开家，“想念”这件事，我们无师自通。

也许你想念我的时候，会踱步到阳台，看一眼遥远冷清的明月，忽又低头走回屋子。我不敢去想在漫长的光阴里，你等待过多少人——我们一个一个地离开家，去找寻诗和远方，而你，一直守在原地。

记起，我跟你说假期我想去外地走走，在家待的时间不会太长。电话那头的你，沉默半晌，忽而急切地说：“你先回家一趟，想去哪里到时再说也不迟啊。”之后是久久的沉默。

我知道你因何沉默，因何急切，如同我知道，你从不说想我一样。

近些年我总在漂泊。2014 年的新年没有回家，从吉林直接去了上海电子厂打工，后又辗转到苏州，兜兜转转，了却了一些少时的执念。十七岁的我，对自己说过，非苏州不去，当时非常坚定，周围人都赞我有志向。可我心里总有道不明的惆怅。

2015 年，我们也仅仅相聚了一周。最难的不是不忍别离，而是相聚无期。

人在旅途时，总会想很多，一些思绪也心照不宣地来造访，在轰隆隆的列车上，看窗外风景一帧一帧地倒退，仿佛一个眨眼，时光就会悄悄溜走。我在列车上写过很多的随笔，靠着车窗，随性恣意，似乎全世界都与我无关。

安静下来的时光，过往如影片在脑海里一幕幕重新上演，而我微笑着，为我曾走过的地方，看过的冷暖情长。唯独，想你是我无能为力的事。

我还记得十二岁时为了学业，第一次一个人离家在外，一个人初尝那寄人篱下的滋味。虽说是在舅舅家里，但总归没有自己家那么安然踏实。周末放假时，我得走很远的山路才能到家，吃一顿你做的饭，在家里舒适地睡一晚，周末下午又要不情愿地离开。有时天公不作美，遇上雨天，路面泥泞，回家无望。可我从来没听过你说想我。我一直在想，为什么，你不爱我吗？你不牵挂、担忧我吗？

那一年，我总会在深夜梦到你，梦到你给表妹的零花钱比我的多，梦到你又为我梳头发、扎小辫，梦到你为我做了好多美味的饭菜。后来我才明白，你对表妹那么好，不过是想让他们一家人好好对我。你为我扎的辫子，我可以保持好几天不乱，睡觉的时候小心翼翼，生怕弄乱那一头漂亮的小辫。你做的菜，我用罐头瓶装好，带到舅舅家里很不舍地一点一点慢慢吃掉，有时嚼着嚼着就一个人跑到门外去哭。那些漫长孤单里的点滴，我已经不忍心提及。

后来我习惯了独立，这习惯，花了一年时间去养成。

十三岁，我带着弟弟到城里找爸爸，一个人做饭，一个人上学，一个人照顾弟弟。初中生活的心酸、艰难，倒是培养了我勇于担当的能力。我们不是富裕家庭，我知道我必须很努力，才能在城里生活下去。

那年，也是你最艰难的一年。过年走亲访友时，爸爸在雪地里骑车出了事故，你在后座被甩出去很远，当晚直接被送到县医院，医生说是左腿骨折，短期内难以康复。从家里到县城，要坐一整天的大巴车，我就只去过一次医院，看到躺在病床上的你，我哽咽地说不出话来。你把头转了过去，叫二叔带我出去。我知道你流泪了，你只是不想让我看见你的脆弱，而我也不愿你看到稚嫩的我手足无措只知道哭的样子。

这样的变故我们都始料未及。于是姐姐成熟得像大人一样，主动辍学，没有半点犹豫。她把上学的机会给了我和弟弟。

元宵节过后，爸爸要到城里打工，你说让我带弟弟跟着去，你腿伤未愈，实在照顾不好家里。

离家一年后又要远行了，我的心里有太多不舍但也无可奈何。

这是我的十三岁，被迫漂泊的十三岁。

离开家之前，再也没机会去医院看你，你也不让我们去。

再见到你，是半年后的假期。大门口拄着拐杖的你瘦弱、单薄，行动迟缓。你看着风尘仆仆的我们，泪光闪烁。你说你做了好吃的手擀面，催着我们赶紧收拾收拾吃饭。

很多话，已不用说出口，这是我们心照不宣的秘密。

从那以后，我再也没有安稳地待在家。当你可以扔掉拐杖的时候，我还在城里上学；当你可以正常走路时，我仍然在外地。

你一直都是我心上明媚的阳光，我骨子里的坚强乐观，像极了你。

近些年，我的朋友总说我的坚强、独立的性格太过凌厉，觉得我的内心太强大，让人不敢轻易靠近。也许，也许是这样吧。可我知道，那只是岁月给我构筑的堡垒。

今年我从上海回吉林的那天，浦东机场大雨如注。你的电话一直持续到我登机，同样的内容，你一次又一次地叮嘱，末了又说：“我其实挺放心你的，毕竟你又不是第一次一个人远行。”

龙嘉机场落地后接到的第一个电话也是你打来的。那时的东北依然寒冷无比，我穿着厚厚的羽绒服，行色匆匆。时间一眨眼又溜了好远，只有想念从无间断。

三月末，我请了长假回家看你，因为电话里的你有些哽咽，我想，我真的该去看看你了。

我记得那时的北京已经暖意融融，街边的梧桐树叶长得恣意张扬。我一个人在北京住了一晚，安静的夜晚，忽然很想马上到你面前给你一个拥抱。

第二天凌晨四点，我登上回吉林的飞机，两个小时的航程居然让人觉得漫长，我知道你在等我，我知道你昨晚一定没睡好。

黎明时走出机场，看到你和爸爸着装整齐，俨然要去出席宴会的样子，但爸爸疲惫的眼神，还有你额前苍白的头发，让人瞬间心酸。虽然你们经过精心打扮，苍白的头发却依旧由鬓角一直延伸，毫不留情。你们的郑重其事，你们撑起来的看似很喜庆的场面，不知道为什么，时至今日，思及此，我还是会忍不住泪流满面。

那天和你们四目相对的几分钟，是我迄今为止经历过的最难过的几分钟。

这么多年，你似乎只有一个理念，那就是成全，你希望你的孩子长大后都没有遗憾。

二十多年了，我还是没听过你说想我，纵然你最想我。

或许真的，成全才是最深的爱，你将这份爱，绝口不提。

一句简单的道理，真正懂得时，竟然那么牵动内心柔软的神经。左心房的悲伤，是因为你的绝口不提。右心房的温暖，也因你的绝口不提。

我常常想，妈妈的这份成全，我是不是受之有愧？

我想为你写很多的文字，我要为你做一个精致的人，温和、坚定，让这一份成全，去成全其本身，也成全你的美意。

月光凉凉，思念长长，希求你为我，容颜永驻、快乐安康，哪怕因此要倾我所有。待我回家，月上柳梢，一起漫步，女儿向你细说这些年的波折与成长。

仅愿世事崩溃之前，我还有机会，陪你变老，给你欢笑。

—

上善若水

—

记住一个人的故事，可以让她永生。——电影《大鱼》

No.1

我曾经思考过这样的一个问题——什么才算是真正的死亡?

呼吸停止了、大脑不再运转了、脉搏不再跳动了，就算是真正的死亡吗?那么，在我脑海中挥散不去的奶奶的影子，又该如何解释呢?

我的奶奶并没有死。

每当过年时，家人将她的遗照拿出来，上三炷香，摆好供果，我都会这样告诉自己：我的奶奶并没有死，在这世上所有关于她的记忆消失之前，她都不会死。

此时此刻，我要将关于她的记忆写下来，我要让她活在笔下，活在纸上，很久很久，直到时间将一切平凡的故事尘封……

No.2

不知为何，在奶奶过世十年后的今夕，我却屡屡梦见她，这大概是因为我最近在养猫吧。奶奶的身上总是有一股猫味，这也是我喜欢猫的原因，猫的皮毛上有一种太阳的味道，抱着它让我想起了奶奶。

一个人一生中，总是有一些记忆是千金不换的，是最珍贵的。我的记忆，是我的奶奶。那是四岁时的片段，夏日的阳光正好，奶奶将软软的垫子铺在阳台上，她织毛衣，我用拼音写日记，一只花猫懒洋洋地靠着我，企图用爪子钩住奶奶的毛衣针。后来，这只花猫被妈妈送走了，我大哭了一场，甚至怨恨奶奶没有制止妈妈，没有保护猫咪。奶奶只是叹气，安慰我说要给我种一盆花，并没有多说什么。

后来，我和奶奶偷偷地带很多流浪猫回家，给它们喂食，然后再放走它们，我问奶奶可不可以留下来一只，它们是那么的可爱。奶奶告诉我："不能给你妈妈添麻烦。"

No.3

奶奶没有食言，猫咪被送走后不出几周，她送了我几颗君子兰的种子，隔年春天，我便有一盆属于自己的花了。

那时偶有蜜蜂跑进屋子里，奶奶都会用手巾将它驱走。如果是蜘蛛，奶奶会扫进撮箕，扔到屋外。

爸爸常笑话奶奶："你这个老人家真奇怪，那虫子打死它不就完了嘛。"

奶奶则会有些生气："打死它做什么？它只是走错了路，放它出去，让它飞去呗。"

城市渐渐扩张，又有多少动物走错了路，成了水泥马路的祭品、钢筋大厦的牺牲品？

一花一世界，一叶一菩提。

奶奶不信佛，奶奶只是对着那盆刚刚发芽的君子兰告诉我：这是根，这是茎，这是叶，它会开花，会结种，一株花有一株花的循环，有它与世界万物的联系。环环相生，而作为这其中一环的我，不应轻易损其分毫。

谦谦君子，温润如玉。我的奶奶大概就是这样的君子吧，那盆君子兰至今都在我老家的阳台上，年年开花，年年鲜艳。

上善若水，水利万物而不争，这是奶奶用她的一言一行刻在我灵魂中的品格。直至奶奶走后的今日，我依然照着奶奶的方式，放飞生灵，心系自然，我甚至偶尔会觉得，我是在用奶奶的眼睛看这个世界。

No.4

我曾经以为奶奶对生死看得很淡。奶奶是吃过苦的人，经历过战争、灾害、饥殍……受过苦的人要么会容易暴怒，要么就会格外的温和，正如经历过那个时代的许多老人一样，奶奶坚韧、淡泊、平凡。每每提到早年过世的爷爷，奶奶的脸上都不见一丝悲伤。

爷爷早在我出生前便死于甲肝，死时还很年轻。在生命的最后一段日子里，他并没有珍惜时间与奶奶温存，他明知道自己时日不多了，却大骂奶奶，处处挑奶奶的不是，把奶奶为他削的苹果扔在地上。尽管那个时代，一个苹果非常的珍贵，但爷爷仍然尖酸刻薄得仿佛换了一个人。

后来，爸爸告诉我，爷爷是想让奶奶恨他，这样在他走的时候，奶奶就不会太过悲伤了。

直到一次脑出血，让奶奶在鬼门关走了一遭，奶奶忽然脆弱得像个孩子。出院后，奶奶半身不遂。一次我出门不过十分钟，留了奶奶一个人在家，我反复嘱咐奶奶，如果想要上厕所的话，就先忍一忍，我马上就回来。

可当我回到家时，却被眼前的景象吓了一跳——奶奶拄着拐杖下了床，却跌倒了，她爬到了洗手间，却爬不上坐便器，尿在了地上。

“我尿裤子了。”奶奶坐在地上放声大哭。

她所哭泣的不是病痛，而是一个“三八红旗手”、一个干部的妻子、一个对自己严格要求了一生的人，迟暮之年的尊严。

这也是身为护士的妈妈，宁可花更多的钱雇一个保姆扶着奶奶去洗手间，也始终没有给奶奶插导尿管的原因。妈妈告诉我，奶奶的自尊心太强了，她不会允许自己在床上如厕的。

No.5

去异地上学，我每个月都会准日子回家看望奶奶。奶奶总是会抱着我哭。尽管她已经叫不清我的名字了，她也看不清我，但是只要她能感觉到，那个守在她床边的人是我，她就会哭个不停。

害怕死亡，哪怕再超脱的人，也会有这个时刻吧？尽管她重病前还曾说过，要把爷爷的骨灰和她的骨灰都撒到江里去。

但是她现在却在真真切切地害怕——她怕再也见不到我。

我问我的老师，人为什么会害怕死亡，老师告诉我，人害怕死亡，是因为他们对未知的未来还抱有期待。

而奶奶所求甚少，生性淡泊，她依然不期待活着的快乐，她割舍不掉的是对作为幺孙的我的挂念。

那个月学业繁忙，我告诉爸爸，我暂时不回去了，下个月再说。也就是那个月，在我本该回去的日子，奶奶过世了。

她是否因为等我，在病床上挨了一个月，我不得而知，可时间偏偏是这样巧，她在我明明应该见她的时候离开了，而偏偏又是这样巧，我没有回去。

没能见到她最后一面。

No.6

纸钱真的能送到冥府吗？灵魂真的能升往天堂吗？哭丧真的是最好的送行吗？一抔骨灰留在那小小的盒子里，她还在我身边吗？

没人能回答这些问题。

我给在小区里遇见的流浪狗买了一根香肠，我把猫粮撒在了流浪猫时常出没的地方，我把小米放在窗台上，等待着雀鸟来食，我放飞了一只迷路的蜜蜂，我轻轻地为花儿浇水……

时间如白驹过隙，而我的光年中有她。

我那上善若水的奶奶。

天冷了，为你熬一盅红豆汤，好不好？

天气倏地一下就变冷了，又毫无防备地变热，果然南京这座城市，只有冬夏，并无春秋。那天下午我坐在教室里，上的课是侯教授的科技英语翻译课，侯教授像往常一样讲着荤段子，我的思绪却早已飘到九霄云外。突然一下就想起红豆汤甜腻腻的味道来，想到一个下午花好几个小时把浸泡了一夜的红豆熬出红色的汤汁，熬破了那薄薄的皮，熬出了那细细的沙，再配上罐子里一小勺砂糖……

说起“熬”这个字，大概是藏着许多故事。一年里总有几个时刻因诸事缠身而焦头烂额，身旁的好友、年迈的长者，都会温柔地拍拍你的肩膀，说上一句："熬过这段时间就好了。"电视剧里也总是会有这样的桥段，歇斯底里的妇女一把鼻涕一把眼泪地哭喊着："这要熬到什么时候才算是个头啊！"熬着熬着，便一不小心从年少轻狂熬到了花甲古稀。

印象里，我爸是很爱熬东西的。我读了大学之后回家的次数屈指可数，而每次回家几乎都能喝到一碗热气腾腾的排骨汤。每次在我拿起勺子喝第一口的时候，我爸都会目不转睛地盯着我，满心期待地问我一句："好喝吗？"我都是用力又满足地点点头，简直像喝到了世间最好喝的排骨汤。然后他会颇为自豪地说："那当然啦，我可是熬了一个下午的。"后来，我渐渐学会了做饭，他告诉我，排骨要早点去菜场买新鲜的，要挑好一点的仔排。他说，仔排洗净，第一遍下热水焯，去掉血水，不然会有腥味。他又说，第二遍加入切好的姜片和排骨一起炖，加点料酒，先盖上盖子开大火，煮开后拿掉盖子关小火慢慢炖。他絮絮叨叨了好久，还一直嘱咐我，不要因为看电视剧而忘记厨房里熬着的汤。

到了南京之后，一入了秋，我的鼻血动不动就狂流不止。

由于天气干燥，恨不得每天都把自己泡在水里。天燥了，那就来一盅冰糖炖梨吧。挑两只皮薄水多的皇冠梨，洗净削皮，去核切块，放入小炖盅里，加水，盖上盖子，慢慢熬。熬到梨块变黄变软，梨汁也渗出来，此时再扔几块冰糖进去，看着沸腾的小气泡搅着梨块上下翻滚，心满意足。熬东西最神奇的地方就在于，空气里会飘散着香气。有好几次，中午就着冰糖炖梨的香气醒来，个中滋味旁人实在是难以领会。如今宿舍终于不限电了，我那 38 瓦的小炖锅却依然咕噜咕噜地熬着生津止渴、润肺去燥的秋梨汤。

小炖盅最开始是买来熬粥的，不管是白米粥、红豆粥、玉米红枣粥，还是紫薯八宝粥，都得熬足两三个小时才算可以。时间久了，就知道西门菜场左转第二家的玉米比较嫩；径直走进去最里面倒数第二家煮粥的米比较糯，那家的咸鸭蛋也比较好吃，每次去买东西时，老阿姨还会认真地和我道谢；卖面条的那家的自制酒酿好像也不错，反正比超市里的要好吃得多……

从前看到过一篇文章，作者说自己总喜欢半夜窝在厨房里烘焙蛋糕，常惹得邻居口水直流，后来便慢慢改了这习惯。

可每当郁闷难过之日，又或喜上眉梢之时，仍总按捺不住蹑手蹑脚从床上爬起，开着厨房里暗暗的一盏灯，在深夜里认真做起蛋糕来。

“熬”这个字说不上好，也说不上不好。熬过相恋时的争执，熬过分离时的寂寞，熬过失败时的沮丧，熬过重病时的苦痛，熬过酷暑的热，熬过严冬的寒，熬过借酒消愁的夜，再熬过四下无人的街……一用“熬”来说某件事，就会莫名地从心里生出一些希望，大概“苦尽甘来”这样的词也总是包含了无尽的“熬”吧。

我说，天冷了，为你熬一盅红豆汤，好不好？

—

岁月知道
我爱你

—

老王脾气很差，跟我妈常吵架，我也见识过他俩大打出手的样子，家里好像没有完整的物件，锅碗瓢盆儿都是让他们用来摔着玩的。我常躲在屋里透过门缝看见他们互相对骂时的狰狞面目，两个人谁也不退让、非要争个输赢的姿态在我眼里特别丑。那个时候最盼望的就是他们分开，因为我内心渴望安宁，而不是用力拼凑在一起的看起来完整的家。

但当内心的渴求真正实现的那一天来临时，我却一点都没有高兴的感觉。

在我十三岁那年，他们离异了。我选择跟着妈妈，老王没有争取，放弃了抚养权，房子留给了我们，他净身出户，一个人出去过生活。他收拾行李搬出去的那天，把我喊到他面前，却一句话都没有说，只是把我揽在怀里，不停地抚摸我的头发。我那时的心情就像是外面灰蒙蒙的天空，悲伤到了极致，眼泪都掉不出来。我站在门口看着他下楼，他边走边回头，站在台阶上喊我的名字，冲我摆摆手说再见。我木然注视着他，呆愣在原地，久久无语。

直到妈妈把我拉回房间，我的身体才像是被唤醒一般，突然就疯狂地冲了出去，从背后抱紧他，然后问他："爸爸，你会来看我吗？"他蹲下来和我拉钩，保证一个月和我见一次面，我满心欢喜地信以为真，并且在他离开后的每一个月的周末都早早起床，期待着他的推门而入，但这一等，就是五年。

这五年中，他没有来看过我一次，我也没有想要找他的冲动。

经常在梦里和他遇见，但他给我的永远都是背影，我站在离他很远的地方大声喊他"爸爸"，但他从不回头，一直往前走。我无助挣扎，但又力不从心，呆立在原地动不了丝毫。醒来的时候枕头湿了大半，于是我开始接受事实，给自己很多心理暗示：他不是一个好爸爸，他不爱我的妈妈，也不爱我。我是他们所谓的爱情结晶，也是婚姻破裂的证物。

那个时候我曾无数次地问过妈妈："你有老王的消息吗？"

她总是语气满是不屑地回复我两个字："死了。"

他们之间只有恨，对彼此没有半点儿宽容和留恋。

我对老王也只有恨，没有一丁点儿的眷恋和思念。

我想不明白，为什么别人的家庭就能幸福美满，而我的家却是支离破碎。

我不知道为什么其他人就可以跟自己的爸爸撒娇任性，而我却感受不到父爱。他从不是我的超级英雄，我也不能依赖他半分，"父爱如山"四个字在那时的我眼中模糊又厚重。

老王的出现是在我高考完的那个暑假，他坐在我们家门口的台阶上抽烟。我去学校拿了录取通知书，迫不及待飞奔回家跟我妈分享这个好消息。在那之前，我幻想过很多次见到他的场景，甚至在脑海中编排好了跟他如何拥抱和对话的剧本，并且反复练习，生怕让他觉得我已经跟他变得疏远。但当这一天真正来临时，我的表情却很冷漠。他看到我，站了起来喊我的小名“静音”，一步步走到我面前，想要摸摸我的头，我却侧了个身逃开了。

那天我努力地去控制自己的情绪，泪水却一直在眼眶里打转。我很想问他为什么五年都没有来看过我，很想知道他去了哪里，很想让他回答“到底爱不爱我”这个问题。但我和他只是面对面地坐着，静静地看着对方，谁也不吭一声。突然我就毫无预兆地号啕大哭，他也开始低头抹眼泪。他有白头发了，我看到的时候一阵揪心。临走之前，他给我留了一笔钱，告诉我说可以一直念到大学毕业。我向他提出一个请求，他起先迟疑，犹豫再三后才点头答应。从小到大我一直都特别羡慕那些有爸爸接送的孩子，刮风下雨的时候可以钻进自己爸爸的怀中，而我却只能一个人走回家。所以这一次，我想让他送我去大学，跟妈妈一起。他起先有些犹豫，但最终还是答应了我。但我的妈妈却未能同行，当然，我不怪她，并且理解她。

这两年我跟老王的联系愈加频繁起来，他常给我发短信，问我过得怎么样。会对我说想念，盼着我回他那里吃饭。可能是岁数大了，他脾气好了很多，变得温顺，说起话来也慢条斯理。我很难把眼前这个沉默寡言、年过半百的男人，同当年那个暴跳如雷、怒发冲冠的爸爸结合在一起。那五年时间，似乎也已经成为我们之间不能跨越的横沟，我想同他亲近，想跟他任性撒娇，想喊他爸爸，但话到嘴边却难以启齿，那样做好像太难了。

我好奇他凭空消失的那五年究竟去了哪里，于是不停地追问他，他说要保密，后来终究拗不过我，便告诉了我一个秘密：其实他一直住在我们小区附近，每天早晚都能站在窗边看我上学和放学，但他从不走上前来跟我打招呼，因为他答应过我妈，在这五年里绝不露面，直到我高考结束。

那五年里，他按时给我妈打钱，让她给我买我喜欢的一切，而他默默地站在我的身后，看着我一步步长大成人。听他讲完后我一时冲动，想要找我妈去理论，他却拦住我说：“我们都是为你好。”那天，我终于开口喊出那个对我而言陌生又熟悉的称呼——爸爸。他用双手捂住脸，号啕大哭。

但我还是背着老王私底下问了我妈，问她为什么不让他见我。她说，因为她怕他把我带走。

我很难过，却不想在她面前哭出来，只是告诉她，那五年里我很想爸爸，就算那个时候他按时出现，给我关心和爱护，我依然不会离开她。他们两个人对我来说，都很重要，缺一不可。

我妈说，她还是恨他，但是她爱我，所以才肯让我跟他见面。

我起身抱了抱她。

我第一次真正强烈地感受到他们双方对我与众不同的保护方式。

他们的爱对我来说，隐忍，伟大，残酷。

我在很长时间里都对未来感到迷茫，仿佛走到了人生的岔路口，如履薄冰，止步不前。

于是焦虑不安，持续失眠，噩梦缠身。

他得知后给我打了电话，只是说了一句话：爸爸支持你所有的决定。

我突然觉得自己有了盔甲，无所畏惧，因为身后从此有支撑。

后来他曾在微信上给我发来一段很长的消息，上面写着：

一生最大的心愿就是希望你有一个美好的前程，过好属于自己的人生，这样我才算没白活一次。

读完这段话之后我很久没有回复，哭成了泪人儿。

想起韩剧《请回答 1988》里面德善的父亲曾说过的那句："爸爸也是第一次当爸爸啊。"突然明白，很多角色我们都是第一次扮演，难免笨拙生疏。他是否愿意为我停留，都是他自己的选择。他可以为我兢兢业业，也可以自由洒脱、不顾一切，但无论怎么做，都改变不了我们身体里流动着相同的血液这个事实，从我降临在这个世界的那一刻开始，我们便注定互相牵绊。

其实我们本身就是独立的个体，无须为谁的未来负责，但老王却用行动告诉我，他愿意来承担我任何的风险，在我跌倒时不是去扶我起来，而是看着我慢慢起身，给我加油打气。我好像能够释怀他曾缺席我的生命这件事，并且在时间的流逝中消减恨意。他从来不是我的超人，也没有为我遮风挡雨，但我依然很想在未来的某一天里能成为他的大树。不见他的那五年里，我们彼此错过了太多，而今后，我们慢慢弥补。当然，我会继续爱我妈，老王没给她的，我都会尽力而为。

男人的浪漫
究竟是什么？

大学时候，宿舍里有个哥们追女孩闹了个笑话。不知他从哪里看的恋爱秘籍，说女孩爱浪漫，唯有浪漫才能俘获她们的芳心。然后这个哥们就写了一首情诗，三十多行，辞藻华丽，不知所云。他认为，浪漫嘛，应该是这样的，云里雾里就对了。

这哥们拿着情诗就去表白了，换来的却是人家姑娘的一个白眼。回到宿舍，哥们问我们这是什么意思。

我苦口婆心地教育他：都成年人了，还玩过家家呢？送情诗早就止步于中学时代的早恋了，人家姑娘如果收了你的情诗，回到宿舍被姐妹们一问收到什么礼物了，姑娘说一首情诗，非得被笑掉大牙不可，多抠门、多寒酸。研究表明，二十岁以上送情诗当作礼物的，恋爱成功的概率为零。

后来这哥们又看上了一位姑娘，正赶上情人节，再次打定主意，趁着情人节买个礼物去表白。这次他学聪明了，花大价钱在无印良品买了一个加湿器，送给那个他有好感的女孩，说："这个季节宿舍里挺干燥的，这个加湿器可以带给你湿润的氧气。"女孩十分感动，再三感谢后拒绝了他。

哥们回到宿舍坐在床铺上闷闷不乐，嘴里念念有词："她说我不浪漫，她竟然说我不浪漫，我浪漫写诗的时候给我一白眼，我这次送货真价实的礼物，而且是为她着想的礼物，竟然又说我不浪漫……"

我在边上听了好久，才清楚他的意思。我告诉他，姑娘在情人节要的浪漫，无非就是一起在环境好一点的餐厅吃个晚餐，然后看个电影，没经济条件的就在学校里逛逛，最好能为她在操场放个烟花。

哥们表示不理解。

其实有很多男人不理解姑娘对浪漫的定义，因为她们想要的浪漫往往是在一个范围里飘忽不定。有时候同一件事，因为不同的场合或者女孩不同的心情，就可以判定为昨天你这样做浪漫，今天你这样做不浪漫。

后来我开始写情感专栏时收到一封邮件，信里的姑娘说自己的男朋友是个理工男，一点都不浪漫，觉得这场恋爱谈得枯燥无味，问我该怎么办，分手还是不分手？我回信问她：“你觉得他爱你吗？”

她说：“挺爱的，什么都让着我，也挺照顾我的，我知道他挺爱我的。”

我又问她：“如果他浪漫起来了，你是不是就不会有这样的情绪了？”

她说：“当然了。”

我说：“其实男人的浪漫是不一样的，他不是没有浪漫，而是他的浪漫你不知道罢了。”

她问：“那么，男人的浪漫究竟是什么呢？”我没有直接回答她这个问题，而是让她回想一下在与男友相处的这段时间里，他做的什么事情让她觉得他爱她。

不久后她回复了我：

“有一次他去我们学校找我，我们两个学校距离特别远，坐公交车需要将近两个小时，几乎是横穿了整个城市。那时候天特别冷，下起了雪，他到了我还在上课，需要他等我半个小时。等我下课才知道，他在外面挨冻了半个小时，给我堆了个雪人，他说：‘这个雪人要化的话，且得四五天呢，这样我回去了雪人还能陪你。’说实话，我当时挺感动的，我觉得他挺爱我。”

“还有一次，我们一起去别的城市玩，坐了二十个小时的火车，折腾得够呛，到了地儿放下行李，我就拉着他去玩，一直到晚上累得一步路都没法走了，才打车回酒店。我这人睡觉择床，换了地儿睡不着，他就陪我说话，给我讲故事，我知道他累了，但是他坚持着，中途他睡着了好几次，打着呼噜就又突然醒了，接着给我讲。直到第二天早上六点，我才撑不住终于睡了过去，但是只睡了两个小时就醒了。醒来一看他不在房间，给他打电话，他的手机却落在房间，就在我着急的时候他回来了，我问他干什么去了，他说去楼下餐厅吃早饭了，不忍心叫醒我，就从餐厅‘偷’了一些吃的回来。他把面包、鸡蛋用塑料袋包起来，揣进怀里偷偷带了回来。他说这样保温，我胃不好，吃不了凉的。虽然我觉得他这个行为挺傻的，但还是很感谢他。”

我告诉这位姑娘，这就是他的浪漫。

就像我大学那位哥们那样，他做的那两件事儿不浪漫吗？或许在女孩的眼里，一点都不浪漫，甚至还很无趣，其实，在他的理解里，他已经尽力去浪漫了，而做的这一切就是他所认为的浪漫。

男人的浪漫是真实。

哥们开始送情诗，他以为浪漫只是一个形式，于是他用情诗的形式表达自己的真实想法——对她的爱意。后来他以为送礼物——不抠门、不寒酸的礼物就是浪漫，于是他买了一样他觉得女生此时此刻需要的礼物。

这些所作所为都是他所认为的浪漫，是实际的行动，也是真实的需求。

假如，冬天里的一场雪，你们站在外面看雪，周围霓虹闪烁，很美，再来点音乐，氛围就更棒了；再有两杯红酒，对饮，说点情意绵绵的话，然后拥抱……这些场景就是女人要的浪漫——冬天里的第一场雪、霓虹、音乐、情话、红酒等。

那么男人此时此刻认为的浪漫是什么呢？是握着你的手；

是把围巾给你围好，是把外衣给你披上；是给你拥抱。这些就是男人认为的浪漫，他的一切出发点都是为了你，他怕你冷。

当然女人也有实际的浪漫，比如买买买。这一点也非常巧，也是男人所认为他对你的浪漫，不过不是给你买买买的过程，而是你拿到想要的东西的那一刻脸上绽放的笑容，那才是男人认为的浪漫。所以，男人是懂得浪漫的，他们费力、用心地去给你浪漫，只是他们认为的浪漫跟你认为的浪漫有所偏差，然后你埋怨他不懂浪漫。这样，不好。

不要再否认他的浪漫，真心才是这个世界上最浪漫的浪漫。

—

二十来岁的我们，到底在焦虑什么？

—

昨天下班，顶着凛冽的寒风回到住处，还没来得及吃饭，就接到两张结婚请帖，一阵肉疼，于是想跟娘亲诉个苦。未曾想接通电话后，不但没得到母后垂怜，还被奚落“这个春节又要独自回家了吗？什么时候能有个男朋友……”我不由得一阵跳脚加哀号。

挂了电话，看着银行卡里可怜巴巴的余额，翻着或晒幸福或晒升职或晒高薪的朋友圈，突然想起一句知乎神问：二十来岁的你，到底在焦虑什么？

是啊，环顾左右，我们好像都活在无尽的不安和焦虑中，到底是什么，把我们逼到如此地步？

我觉得，是不安全感。

W 和男友谈了近十年的恋爱，也没安全感了十年。

因为分数不同，高考的时候，男友上了外地的大学，W 留在了本地。四年里，两人的感情很稳定，除了日常的电话联系外，男友也常常回来看她。

可 W 还是常常觉得没有安全感，觉得不能“掌控”这份感情。

她最常说的一句话就是：“你说他为什么不接我电话啊？”

后来，大学毕业，男友顺利考回家乡某单位，W 则在一家私企做文职工作。

怎么看都是很安定的日子，可这并未将 W 内心的不安消除，反而愈演愈烈。

一旦男友因事外出，晚接几分钟电话，或是晚回信息，就会让她焦虑不安。

她总在担忧当公务员的男友会嫌弃自己的工作、会在工作中爱上女同事、会厌倦他们多年的感情……总之，她在他们的爱情中，总是扮演着“受惊者”的角色，毫无安全感。

安全感的缺乏不只是表现在一段感情中，更多时候来源于工作。

比如我认识的舟舟。

舟舟的成长历程就是我们常说的“别人家的孩子”，很优秀、很努力，长久以来都是佼佼者。

大学毕业后，凭借优异的成绩被某知名公司签走，这家公司当时的招聘名额仅此一个。

然而，进入公司不到一个月，舟舟就打起了退堂鼓。

大公司固然好，可大公司的压力也不小，达不到考核目标，自然就被淘汰。

适者生存的竞争法则，让舟舟夜不能寐，时刻担忧自己会被淘汰，会被辞退。

见面时，她满面愁容，不停地说着自己在公司所面临的“灾难”，一遍遍地否定自己，否定自己的选择和能力。

她这场仗，还没开始打就投降了……

对工作、对感情没有安全感，我认为都正常，还能“治”，可对学习能力没有安全感，就真的是“绝症”了。

今年二十九岁的小刘，没读过大学，高一辍学后直接成了“北漂”。从一个月几百块的饭店服务员到如今年薪近三十万的餐饮高管，他是真替自己争了一口气。

即便如此，他还是常常没有安全感，总是觉得自己“低人一等”，总是觉得没有学历就是自己人生的“污点”。

每次酒过三巡，他都会红着脸向朋友倾诉自己的“短处”，朋友大多劝慰他：现在开始学习也不晚。

可他每次还未尝试就果断放弃了，将这种学习机会一脚踹向门外：比如，他报了英文培训班，却碍于自己基础差，自认为学不会而放弃；比如，他想了解金融信息，却认为看不懂政经新闻而放弃；比如，他想升职，却担忧过不了自学考试而放弃……

他的这种对于学习能力的不安全感，让他不止一次地错失机会，陷于失败。

其实不论是哪一种不安全感，都主要来源于自身。

首先，是因为没自信。

从 W 到小刘，都是典型没自信的表现，不敢挑战、不愿面对，甚至在不断地否定自己。总认为自己不如别人，觉得谁都比自己强，可事实是这样吗？

当然不是！就像小刘和舟舟，都没试过，就放弃了。

其实就是内心太脆弱，一击即破，根本没有什么承受能力。所以才会受不了工作的高压，也才会选择逃避，不去面对。

可很多人既然选择了逃避，为什么还要抱怨？——这便是没安全感最核心的原因：不想负责。因为不想承担后果，因为不想肩负责任，所以才会没自信地逃避，想躲在安全区，却又嫌安全区太过狭小。

可逃避责任就能不经历过程了吗？

俗话说：横也是一刀，竖也是一刀。既然要承受这个过程，为什么不坦然一点呢？说不定有意外的结果。

所以，很多时候安全感缺失，主要来源于自我的心理不成熟。

其次，是由于社会环境的形成。

二十岁出头的年纪，一无所有还负债累累。

本该是充满激情的年纪，本该是带梦翱翔的年纪，却因背负太多而不得不放弃。

想在大城市里扎根，想要结婚买房子，想要拼命工作……可即便榨干我们的全部精血，工资增长的速度依旧赶不上房价增长的速度。这样居无定所怎么会有安全感？

那不在大城市里生活，是不是就可以有安全感了？不是的。

稳定清闲的工作并不等于幸福指数高，毕竟稳定等同于低薪。

二十几岁的年纪，从事着养老的工作，一眼望到头的日子不仅耗费了时间，更空洞了生命。他们未必没有挣扎过、没有遗憾过，肯定也时时担忧日子就这么白白流逝……

所以，他们的安全感又来自哪里呢？

工作拿着低薪，面对父母时又想孝敬他们，想让他们过上幸福的晚年生活。

看着他们日渐老去，当然心疼，也想带他们看看世界，走走山川。可我们既没有时间也没有金钱，一穷二白。

有句鸡汤说得好：你赚钱的速度，要赶上父母衰老的速度。

如此雾蒙蒙的未来，我们怎么会有安全感？

同样，环境因素也造成大家在情感方面的安全感缺失。

十八岁看脸，二十岁看感觉，二十五岁以后都不知道该看什么。又想看脸，又想看感觉，又觉得感觉和脸都不重要，就这样等成大龄青年，然后焦虑地防着那些多看你一眼的人。

说实话，还是喜欢那个看脸的我们，多真实啊，喜欢你就是因为你好看！

可成年后，虽然还是“颜控”，但从喜欢到决定在一起，考虑的因素足够再重活一次了……

我们不会再像从前那样去无限度地包容一个人，更不会像从前那般义无反顾地爱一个人。

大家都是成年人，合则来，不合则散。哪有时间谈承诺和地久天长！

归根结底，这是内心深处对于爱情的安全感缺失，简而言之：我们不再相信爱情了。

最后，信息化时代下这种“被窥探”的不安全感。

如今这个大数据时代，撒泡尿的功夫，足以让一个人一秒天堂一秒地狱。

我们生活的时代没什么秘密，更没什么个人空间。有人说通过六个人就能认识全世界，可在我们生活的大数据时代，一个朋友圈就能通天……

所以，二十来岁的我们，怎样才能不再焦虑呢?

我认为最好的办法，是调适为另一种心态。

身处这个快节奏的环境里，完全消除焦虑是不可能的，我们只需要像吃火锅一样，把焦虑的火力调低一点，不用沸腾，慢炖就好，这样，焦虑就成了适度的居安思危。

这种适度的危机感包含了很多：比如冷静，我们遇事别急躁，多想几秒钟，也许结果就不一样了；比如坚持，成不成没关系，但总要一试；比如低调，这不是不让你争，而是要默默地努力，一鸣惊人；比如倔强，这不是固执地认死理儿，而是打不倒、击不退的韧劲；比如……很多很多。

焦虑是这个时代的共鸣，希望我们都能在日常的忙碌中给自己松绑，把焦虑调适为“适当的危机感”。

—

这个世界越来越冷漠
是有原因的

—

几天前，我在地铁六号线换乘的时候，被一个陌生男子拦住了。我刚下电梯，他就笑着冲我走来，然后伸出手臂挡住我的去路，他羞涩地看了我两秒，一副欲言又止的样子，两秒过后才开口和我说话。

“哇！搭讪了，搭讪了，他要手机号码了！”你们是不是这么想的？错了！他开口和我借钱了。

一个看起来二十八九岁的男生，黑黑壮壮的，一手拿着公文包，一手拿着 iPhone6 plus，他面带羞涩地和我说，他的钱包刚才在地铁上被小偷偷了，他现在着急去廊坊见客户，问我能不能借他点路费，等东西都补办回来了，他再从网上转账还给我。

我的第一反应是：骗子！老套路！

他好像看出了我的怀疑，继续说："我真的遇到困难了，我刚才求过别人，大家都不相信我。"一边说还一边满脸委屈，一个大男人可怜兮兮地站在地铁站里求一个小姑娘，路过的人都忍不住回头看我们。

我没有开口说话，想继续听他还会说点什么，他看我没反应，果然又补充了："我一个大男人，怎么可能会因为几块钱，出来骗人！我这也是没办法。你可以把电话给我，到时候有钱了我在网上还你。"还是满脸的委屈。

"钱包丢了，你没有支付宝吗？"我问他。

他回答："我没有支付宝，银行卡也挂失了，微信转账也用不了。"

"你需要多少钱？"

他听到我要给他钱，突然愣了一下，然后露出一丝窃喜，犹豫了一下说："二十八块钱！"

心想，还好是二十八块钱，不是几百块钱。我心里已经认定他是骗子了，可我还是给了他三十块钱。因为我害怕他是真的遇到困难了，真的无助，而这三十块钱，对我来说不算什么，可能对此刻的他却很重要。

我当时想到了电影《老炮儿》里的场景，冯小刚在路边遇到一个求助的女大学生，也是因为钱包被偷，和路人借回家的路费，也保证等有钱了立马还。我当时的心情和冯小刚一样，管他是不是骗子，如果他真的是遇到困难了，能帮助他，那算自己积德了；如果他真是骗子，三十块钱就当喝了杯咖啡，损失不大，但我以后再也不会借钱给需要帮助的陌生人了。

他拿着钱转身走后，正好一个朋友打电话过来问我在干吗，我说借钱给陌生人，他听我详细说了下情况后，气得不行地说："骗子啊！大姐！光听听就知道是骗子，你还借钱给他！你已经第三次被骗了，下次别了，好吗？"

"我想最后再试一次，我想看看他会不会给我打电话。"

我就像当年新闻上说的那个偏执的富二代一样，偏不信所有的老人都碰瓷，跌倒了不能去扶，我们总是愿意相信，他们是真的遇到困难了。然而两年过去了，那个富二代扶了不少摔倒的老人，却无辜地赔偿了两百多万元。

后来事实证明，那个借钱的人真的是骗子。其实在这之前，我遇到过两次这类求助的人，一次是一对老夫妇带着一个三岁模样的小女孩，晚上九点多在路上拦住了我，那个老婆婆哭着向我寻求帮助，说他们从南方坐火车过来找女儿，结果钱包丢了，女儿去外地出差了，明天才能赶回来接她们，现在小外孙女肚子很饿，问我可不可以借些钱给他们，让孩子填饱肚子，等她女儿回来再还钱给我。

我当时刚从超市购物出来，身上花得也没剩多少钱了，就把仅剩的几十块钱都给了老婆婆，还从购物袋里拿了牛奶、饼干和水果给那个小女孩。心想，这样他们三个人今晚应该能填饱肚子了吧！

走的时候，老婆婆也十分感激地和我要了联系方式，说让女儿亲自道谢，遇到了就是缘分，以后要常联系。可是，再也没有下文。

还有一次，一个满脸沧桑的老爷爷，跪在地上拽着我的裤子不停地朝我磕头，拽都拽不起来。他磕头的频率很快，而且声音很响亮，我听着都觉得头疼。他说他老伴儿病了，随便给几块钱就行。他的老伴儿就躺在边上，身上盖了一条破破烂烂又脏兮兮的被子，也是满脸皱纹。一个年纪跟我爷爷差不多的人，在我面前狂磕头，当时真的把我吓到了。不管真假，就扔了些钱给他，一是我怕折寿；二是看着长辈年纪的人这么可怜地乞讨，和家里的长辈一对比，我觉得有点于心不忍。

果然，等过了五分钟，我再次回来的时候，老爷爷和他的老伴儿已经不见踪影，旁边卖红薯的一个大哥说："姑娘，你被骗了，他们是骗子啊！天天在这里乞讨。"

"我知道，我不想看着他们一大把年纪这样磕头。"但是，看到他们这么快就消失了，心里还是有些生气和失落。

其实，帮助别人，我们并没有期盼他们回报，但是，我们希望自己给出的钱，是真正帮到了需要帮助的人，发挥了它的作用。不管被骗多少钱，当知道被骗后，难过的是，为什么他们要去欺骗这世界上本来就所剩无几的愿意真正帮助别人的人。

善良和乐于助人，什么时候成了助纣为虐，被这些毫无良知、不走正道的人拿来骗钱？很多像我这样的人，真的是被人耻笑的，被人骂傻的。

然而，这世界上遇到困难需要获得帮助的人也比比皆是。

上个星期，我的同事坐地铁去见客户，进站的时候发现钱包丢了，地铁卡也没了，她当时要在地铁站借十块钱，没有一个人肯借给她，都觉得她是骗子。因为赶时间，她着急得蹲在地上给我打电话哭诉，后来我打车过去一趟给她送钱。

你看，这个世界上真的有人是需要帮助的，可惜《狼来了》的故事上演得多了，当真的有人遇到困难时，却再也没有人去帮忙了。

这个社会越来越冷漠，是因为有很多人挥霍完了别人的善良和热心。

单身狗，
也可以和自己秀恩爱

某天早晨看到一个人的朋友圈状态让我心里一动，她发了一张自己做的早餐的照片，说了一句，早安。

早餐做得精致漂亮，把煎鸡蛋做成了心的形状，并挤上了番茄酱笑脸，旁边有两片全麦面包加一杯牛奶。这张照片传达给我的感觉是她心情不错。如果我不知道她的情况，我肯定以为她现在很有闲情逸致，日子也过得很舒服，那么做这样一餐早饭并没有什么特别。可是我知道她现在的状况，所以，这张早餐照更让我心里一动。

她现在过得并不舒服。

前几日她和我聊了很久，关于她失恋的事情。她谈了差不多两年的恋爱，本来以为毕业就要结婚了，但是却分手了。那个时候，她聊天都时不时地陷入沉默，总是在和我说，似乎觉得自己很难再开心起来了。

这两年，她几乎付出了所有的心血去谈恋爱。她很爱这个男人，毕业为了和他在一起，已经找好了实习单位，却偏偏在毕业前分了手。之后的日子，我也能够感觉到她不是很开心，每天朋友圈发的状态都是些情感疗伤的句子，或者是自己安慰自己的话，一日一日地陷入失恋的泥淖中。

打开她的朋友圈看她状态的时候，我都会觉得她现在心里肯定很难受。可是今天，我看到她晒这张图的时候，我真心为她感到高兴，我感觉到她的状态在慢慢好转了。

一个人能够花心思给自己做一份早餐，说明她此时心情不错。而一个沉浸在自己的小悲情中的人，是无暇顾及这些的。

我找她聊天，她说："我想通了，其实生活中还有很多比爱情更好的事，爱情这事可遇不可求，太讲究缘分，也许缘分到了就水到渠成了。"

她还和我说："我觉得自己悲伤的情绪已经够多了，也该重新发现生活的美好了。"之后的几天里，我看她每天都花样百出地做饭，我知道，这个姑娘即使没有了爱情也生活得不错。

还有一个朋友，今年二十八岁了，从大学毕业之后就再也没有谈恋爱了，有的时候会让我们赶紧给她介绍一个，说不想单身了。深夜的时候，她也偶尔发一些文章，大概也是爱情里的那些事，诸如“我相信势均力敌的爱人才是长久的”之类。

但是，她的行程里，却大多数都与恨嫁无关。她在一个设计公司里做到了高级总监，有的时候会出国学习，有的时候会去别的地方参加交流之类的。这段时间她又去了台湾做交流，那天晚上大概十点多的时候她发了一条状态：今天在台中与业界设计大师们交流学习一整天，晚上回住所后又安排了一下客户的设计及施工进度，累了，晚安。

我最欣赏这个朋友的一点是，你只要有几个月没有与她见面，她就能在她的事业上又翻出一朵花，而且生活态度好到不行。我有时候就想，其实爱情对她来说真的是无关紧要的，尽管现在的她看起来什么都不缺，再添一味爱情就圆满了。

可是纵观她的生活，却发现即使没有了爱情，她的生活也一样丰富多彩，没有那种荒度人生的虚无感。

我遇见过不少姑娘，每天将自己的爱情挂在嘴边，找她聊天，三句不离男朋友，而一聊到别的事情上却什么都不行。失恋了就像失去了全世界一样，会一直消沉很久，身边有个男人就火速地再去投入一段恋爱中，你问她：“你们为什么在一起，你喜欢他吗？”

她还会理所当然地回你一句：“我一个人实在是太寂寞了。”

我总会想，这种姑娘的生活肯定过得不大好。一个连自己的爱好、自己的格局都没有，只围绕着爱情打转的姑娘，她的爱情肯定也谈不好。生活中那么多有意思的事情她发现不了，那么多有意义的事情她不去做，而是把所有的精力全部都投入一些虚无缥缈的事情上，这样的生活是没什么可以咀嚼的意味的。

毕竟爱情有一定的保鲜度，两个人也许热恋时是 100 度，而过了热恋期就需要适应 60 度，在 60 度的爱情里，如何将生活与爱都过得丰盛，是所有人必须面临的难题。

爱情也许是一件美好的事情，但绝对不是唯一美好的事情，世界上比爱情美好的事情还有很多。之所以喜欢做饭，可以是“等以后我遇见了我的男朋友，我可以做给他吃”，但绝对不能是，“我男朋友喜欢吃，所以我要努力学着做给他吃”，这样一旦男朋友不喜欢了，就会觉得失了天下。

不仅仅是做饭，还有很多的技能，都应该是这样。

能够把自己的生活料理得很好，有着自己的爱好，即使没有锦上添花的爱情，依旧可以将自己的生活安排妥当，这样，当爱情来了的时候，才会一切都是刚好的状态。不然，生活的天平仍旧是不平衡的。

还有很多比爱情美好的事情，例如花心思学几道美食；例如完成很久还未完成的画作；例如把工作上一直没有完成的事情，尽力完成一次；例如一个人的旅行；例如一个下午什么都不做，只喝一杯咖啡放空一下午；例如看一本书；例如刷完你曾经收藏的电影；例如听一首好听的曲子，将它哼唱下来；再例如改变自己，让今天和昨天活得不一样……

其实，有很多一个人做仍旧很美好的事情，在没有爱情的日子里，也可以把每一天过得有滋有味。当美好的爱情来临的时候欣然接受，淡然处之；当爱情离开的时候不失自我，依旧可以发现生活的美好，这才是最好的状态。

而往往越是这样的状态，才越会谈到一份怡然自得的恋爱。

Chapter

02

故事和酒 or 梦和远方

他说他爱你，
你敢生病吗？

年轻的时候女生都有同一个毛病，就是爱试探男朋友。

小到要一支口红考验男朋友大不大方，大到让闺蜜去勾引，以此考验男朋友忠不忠心。

要我说，这些都落伍了。

现在考验男朋友的方式一个就够了——生病。

不用说大病，很多女生只是来大姨妈需要安慰而已，男朋友都做不到，恕我直言，那要男朋友有何用？

别跟我说多喝热水，我自己不知道吗？我要的不过是你的安慰和呵护而已，热水管用，我要你干吗呀！

前些日子，朋友生病了。她的男朋友在外地出差，赶不回来。

于是她自己一个人去买药、打点滴，挨了一个多星期才好。

本以为她男朋友回来之后会好好地安慰她一番，谁知道男生一脸大惊小怪地说："不就是感个冒吗？有什么大不了的？"

很不幸，他即刻成为我朋友的前男友。

因为不就是男朋友吗？有什么大不了的？我可以再找啊！

所以说，这世上并不缺男朋友，缺的只是体贴入微的男朋友。

我室友的男朋友在这点上就做到了满分。

室友身体不好，总是肚子疼。男生就准备了一个药箱，里面放了各种药。室友只要说了一句"不舒服"，男生立刻就带她去医院。

俩人谈了一年多的恋爱，室友大大小小生了好几次病，男生每次都是全心全力地照顾，没有一点不耐烦。

有一次，我们一起吃饭，有个男生揶揄他说："你女朋友是'林黛玉'，每天病恹恹的。"他严肃地告诉那个人："我女朋友是‘林黛玉’我也爱她，再说了我会照顾她身体的！”当时他整个人都在发光，实在是帅呆了！

后来，室友也开始为了他努力锻炼身体，渐渐地身体也好了，脸色也红润了。

所以说，好的伴侣当真是一剂良药，会医好你所有的疑难杂症，只留下健康的身体去享受爱情。

最近一段时间，关于产后抑郁的新闻越来越多了，可很多家庭并不重视，甚至有一些老人觉得所谓的产后抑郁不过是产妇无缘无故的矫情。

于是造成了很多类似于“产妇携子跳楼，无一生还”的新闻。

许多家庭对孕妇肚子里的孩子过于重视，什么都是为了孩子好，把孕妇放在了次要的地位上。渐渐地，孕妇会认为自己不过是生产的工具，会认为自己的生命没有意义。

这时候，丈夫就是个决定性的角色。丈夫一定要安慰好孕妇，给孕妇自信，让她知道自己是被爱的那一个。

生产之后，第一时间一定要来看孕妇，让她感觉到自己的重要。

一个女人，到底是下了多大的决心，才愿意忍受巨大的疼痛和身材的走形给男人生孩子？所以男人尽心尽力地照顾难道不是应该的吗？

我们习惯了“快时代”，习惯了短暂地爱一个人，相应地我们就减少了爱人的额度。

过去是“慢时代”，终其一生爱的人数量极其有限，所以爱人的额度就高。

额度高，面对风险的决心也大。只要在一起，就一定会一起面临生老病死。

额度低，面对风险的决心当然也小，于是就容易“夫妻本是同林鸟，大难临头各自飞”。

不难发现，女人的忠诚度比男人要高。一般的家庭，要是男人不能生育，离婚的概率很低，结果多半是去领养一个孩子再其乐融融地一起过日子。相反，要是女人不能生育，多半都会离婚。

知乎上关于“我老婆不能生育，我要不要离婚”的问题层出不穷，而女人却总是在问“我老公得了绝症，要怎么才能分担他的痛苦”。

士之耽兮，犹可脱也。女之耽兮，不可脱也。

所以说，一个姑娘的忠诚与深情需要男生的用心呵护才能维持。

生病了就好好照顾，不要不耐烦，不要嫌麻烦，爱情本来就是鸡毛蒜皮堆砌起来的城堡。

你要是只能看到鸡毛蒜皮，看不到城堡的美丽，就别耽误人家姑娘了，因为你不爱她。

姑娘们要是想知道男朋友对你是不是真心的，不妨在生病的时候看看男朋友的态度。

毕竟爱你是装不出来的，可是不爱你，一眼就能看破。

警惕你身边那些，所谓的“闺蜜”

前两天刚听说的一件事儿。

同事有个朋友，姑且叫她小 A 吧。小 A 的闺蜜 CC 前段时间向她抱怨，说自己每天挤地铁倒公交去上班，实在太折腾了。铺垫了一番后，CC 委婉地向她提出，能不能搭她老公的顺风车一程。

小 A 想了一下，对呀，大家住在同一个小区，老公上班的地方离 CC 的公司也不远，正好顺路。于是，小 A 就仗义地答应了下来，当天晚上就回去和老公商量。从第二天开始，小 A 的老公便成了闺蜜的“柴可夫司机”。

起初，小 A 的老公和 CC 并不熟识，可自从成了“顺风客”后，俩人留了电话，彼此加了微信，次数多了自然就熟络了起来。

神经大条的小 A 自然不介意，老公热心，闺蜜从此不折腾，多好的事儿。

直到有一天晚上，小 A 看见老公的手机里弹出了一条新收到的微信消息，内容是“给你做了明天的便当喔，么么哒”。而发来微信消息的，正是闺蜜 CC。

那一刻，小 A 心中忽然一颤，一股说不出的不适感涌了上来，她问同事：“你说，这 CC 什么意思？”

同事反问她：“你确定这是你闺蜜？”

小 A 眨巴着天真的大眼睛：“认识好多年了，玩得挺好的。”

呵呵，姑娘，认识多年的未必是朋友，吃喝玩乐的也未必是闺蜜。你以为一起吃饭一起 K 歌一起玩儿，就一定会真心对你吗？

同事小可那天突然化了个妆来上班，吓了我们一大跳。按理说，从来都是素面朝天的小可，化个妆应该会给人眼前一亮的感觉才对，怎么着也不至于吓人吧。

然而，小可妆容的吓人之处，就在于她用了一款非常白的粉底液，使得脸和脖子的色号隔了一个太平洋那么远；又涂了血红色的口红，乍一看上去，非常突兀。

我试图小心翼翼地给她提建议，可她却一个劲儿地反驳我：“化妆品是我闺蜜挑的，闺蜜化妆好几年了，绝对不会选错。”

我好奇地问她：“你哪个闺蜜呀？”

她翻开朋友圈给我看：“喏，这个，漂亮吧？”

我看了之后，只能笑而不语了。

闺蜜是漂亮呀，她化的妆容是好看呀，可你确定她给你挑的化妆品，是真心想让你变得好看？

有一种“闺蜜”，就叫作“你可以变美，但是你不能比我美”。

这种“闺蜜”，她会向你推荐护肤品、化妆品，但她从来不会坦诚地给你看她抽屉中的“私货”；她会跟你同框合照，发朋友圈晒闺蜜情，但她从来只会把自己P得又白又高又好看；她也许会希望你变美，但她不会真心希望你的明媚盖过她的光彩。

你身边有这样的“闺蜜”吗？如果有，不如扭头走向专柜BA（美容顾问）吧。

心怡和小君，同一年通过校招进入报社，又特别有缘地分在同一个宿舍，俩人每天一起上班下班，形影不离，是大伙儿公认的一对闺蜜。

不仅如此，俩人都是新闻专业出身，笔头儿尖，工作能力也是不相上下，在同事们的眼中就是一对最佳拍档。

可就那一次，心怡因为某篇稿子写得特别出色，被领导点名表扬，并在当天的报纸上占据了最大的版面。

小君在人前和心怡道贺，背后却酸溜溜地说：“若不是这次她男友帮她改稿，她能写那么好？”

听到这句话，我忽然想起了《甄嬛传》里的甄嬛和安陵容，俩人起初亲密如姐妹，可当其中一个人忽然受宠成了人上人，另一个人的嫉妒之心便足以扼杀一场友谊。

但这并不奇怪，毕竟，有一种“闺蜜”就叫作“你可以过得好，但是不能过得比我好”。

有一个这样的“闺蜜”，你必须确保，你有粥喝的时候，她得有饭吃；你住瓦房的时候，她得住公寓；你成功的时候，她一定不能失败；你过得好的时候，她一定不能比你过得差。

而这种闺蜜发展到最后，结果只有一个，要么你失败，要么你离开。

有一个作家朋友曾经和我说过这样一个“笑话”。她说，那年她第一次出书，一下子上了畅销榜，朋友圈突然冒出了好多许久未联系的“闺蜜”，都纷纷要她送书，说是可以帮她转发宣传。

我说：“这不挺好的吗？哪里是笑话呢。”

她苦笑着说：“可后来实际上这本书的销量并不好，出版社有意见，我求她们每人帮我去单位卖几本，她们却没有一个人愿意。”她叹了口气，“这社会现实得吓人呀。”

确实是，有一种“闺蜜”，就叫作“你风光时我是你闺蜜，你落魄时和我没关系”。

穷居闹市无人问，富在深山有远亲。你风光无限的时候，身边总不乏簇拥鼓掌的人；但当你失败落魄的时候，依然关心问候你的人，又剩下多少呢？

所以，当你遇上这种“伪闺蜜”，而你又无法保证你一生顺遂风光，就得默默承担有一天她可能离你而去的结果。

闺蜜是什么？

闺蜜就是，一辈子不会输给时间的那份感情；

闺蜜就是，别人附和你，她留下来给你泼冷水的那个人；

闺蜜就是，最黑暗的时候，愿意陪你一起等天亮的那个人。

在电影《闺蜜》中，有这样一句对白："如果你想一直躺在这里，我们就陪你躺在这儿，如果你想找个地方喝个烂醉，我们陪你去，一起一起，我们永远在一起。"

永远有多远，也许我们都不确定，但唯一可以确定的是，在这个"永远"中，闺蜜都将与我们在一起。

有些人，以"闺蜜"相称，但从不曾以真心相待。

而真正的闺蜜，无论你是风光还是落魄，是成功还是失败，她都不会从你身边凭空消失，也不会从你的人生中途退场，她甚至会发自真心地希望，你一定要过得比她好。

就好像，那年我突遇变故，欠下了一笔债，要强的我不愿意接受家人的帮助，得知消息的 Renee 二话不说，和老板预支了半年的薪水，一分钱不留地转账给我。

就好像，我和闺蜜 F 小姐可以把所有的事情、所有的想法，都毫无保留地告诉对方，因为彼此知道，并且十分确定，我们永远会无条件地支持和站在对方身边。

范玮琪在歌曲《一个像夏天一个像秋天》中唱道："如果不是你，我不会相信，朋友比情人还死心塌地。"

爱情或许有一天会消逝，可真正的闺蜜却永远不会离开。

她愿陪着你走遍天下，陪你哭陪你笑，陪着你闹。

闺蜜就是那个，把你看透了，却依然深爱着你的人。

所以，请擦亮双眼，警惕身边那些所谓的"闺蜜"吧！

你都还没用力，担心什么用力过猛

我有个闺蜜，最近被一个 1994 年生的小妞欺负了。

此闺蜜是我大学时睡下铺的姐妹，身高一米七，一头齐腰长卷发。大学报到第一天，我推开寝室门，赫然发现自己的下铺坐着如此尤物，那一刻我的审美观发生了质的变化，一向羡慕高中时代清纯班花的我，脑子里竟然蹦出一个从未想过的词：性感。

没有任何悬念的，我们成了闺蜜，好得除了男朋友，什么都共用。此女不仅性感，而且大胆、奔放、努力，且非常拼，在我的朋友圈里样样拔得头筹。如今已经是北京某上市公司的高层，坐拥两套豪宅、一辆奥迪，且与人合伙开了家文化公司，投资了一家火锅店和一家美容院，每天忙得脚不沾地，各项业绩稳步攀升。重要的是，她依然身材曼妙，气质性感。她一直是我的偶像，是我每天努力追赶的目标。然而，她却被一个 90 后下属说得无言以对。她跑来找我倾诉时，我不禁惊愕——你也有今天，哈哈！

原来闺蜜上个月招了个新助理，是个刚毕业的小美妞。助理的画风和她完全不一样。她是个风风火火的拼命三娘，语速快，走路快，经常中午忙得忘了吃饭。而助理呢，则是开启度假模式的文艺少女，中午必须午睡，下班准点走人，买了无数鲜花和绿植装点自己的工位，每天喝亲手煮的花茶，前天还买了文房四宝，下午要练半小时毛笔字。上司交代的工作，她从来没有按时完成过，经多次催促，她交上去的方案仍会犯低级错误。

昨天，必须在下班前给客户发一个方案，我闺蜜赶紧号召部门同事奋战了一下午，汇总到助理那里时已是下午 6 点，人家已经下班走人了。打她电话，关机，大伙只得又加班两个小时，才重新理清发给客户。

今天一上班，闺蜜就把哼着小曲煮花茶的助理叫到了办公室，准备和她谈谈什么叫作责任心，什么叫作团队精神，什么是一个助理该承担的职责。话还没说完，姑娘说：“我不干了！”

冷场两秒后，姑娘接着说：“我早就不想干了，这里的工作氛围太紧张，工作太繁忙，我不想像您一样用力过猛，整天绷着神经，活得太累了！而且效果也不一定好，您要是不这么用力过猛，可能会更成功。就像上一期的《我是歌手》，张靓颖太卖力了，用力过猛了，结果被优雅舒服的李健打败了。我觉得我看得挺清楚的，所以我不想用力过猛地生活。”

于是，闺蜜彻底被这种无知和自大惊呆了，她懵了几秒还是无言以对，最后不禁笑了，“啥也别说了，收拾东西，回你优雅恬淡的家吧。”

什么时候努力成了用力过猛，懒惰成了优雅恬淡，这个神逻辑是懒人福利吗？

其实我觉得“用力过猛”是个好词，因为有资格谈用力过猛的人，首先你得用力吧。

在你根本还没用力的时候，就担心用力过猛，只是杞人忧天。就好像一个 200 斤的胖子，还没开始减肥呢，就担心自己节食过度得厌食症怎么办；健身卡还没办呢，就担心自己练得满身肌肉不柔美了怎么办。

“别用力过猛”是用来劝那些全力奔跑的人慢一点，而那些躺在床上吃零食的人，你先起床再说。

如果单从生活质量及人生境界来说，优雅恬淡确实比用力过猛更让人折服和羡慕，但优雅恬淡并不是弹琴、写字的生活方式，更不是逃避责任、不思进取的思想内核，而是有着丰富博大的文化底蕴、清醒理智的价值观、与孤独友好相处的禅心、善于思考的头脑，及强悍超凡的专业素养……说白了，他肯定在自己的专业领域是个牛人，且取得了世俗意义上的成功，在经历了沉浮和哲思后，才悟得优雅恬淡的生活境界。

他必然先用力过猛，然后才懂得优雅恬淡；他必须拥有你所羡慕的成功，然后才选择恬淡自然的生活方式。其实你所羡慕的，不是他朴素低调的生活，而是他的成功。因为朴素低调是建立在他的成功之上的。不然，你怎么不去羡慕深山中的老农，他们日出而作，日落而息，岂不更恬淡自然？

有句话说得好——“越强大的人越温柔”，你得让自己强大起来，才能拥有“力量的温柔”，否则“单薄的温柔”就是懦弱。助理姑娘所羡慕的李健，首先他是个唱功很强的实力歌手，然后我们才看到了他的恬淡，所以征服我们的必然是他的实力。如果他唱功很烂，纵然再恬淡，估计也不会引起你的注意。

虽然很多人仍觉得不公平，但你不得不承认，我们身处一个前所未有的好时代，这个时代承认努力的意义——如果你想要一样东西，为之努力奋斗，没准就能实现。这已是非常简单的生存法则了。

对于初入职场的年轻人来说，别说那些没用的，二话不说努力工作就对了。别怕加班，别计较是不是你分内的活儿；别怕丢面子，使劲问，使劲学。你加的班、干的活、学的东西都是你的增值，是谁也拿不走的核心竞争力。你今天对自己越狠，你可以活得比别人轻松的时间就来得越早。

现在的我们，越用力越好，十年之后再谈什么用力过猛。

—

人的一生一定能遇见
那个对的人吗？

—

在微博上看见被我们称作“男神”的学长发了一张和自己女朋友的合照，@了女朋友并且还说了一段情话。我盯着那张照片看了足足有十分钟，怎么看都觉得是郎才女貌，般配得不得了。当一个人的好奇心膨胀起来，任何东西都阻挡不了，庆幸的是微博没有访客记录和浏览历史这种功能，不然我一定不敢肆意妄为。那天，我把他女朋友的微博翻了个底朝天，一直到凌晨一点，都没有入睡。

学长在我们面前一本正经，长着一副生人勿扰的脸，处事果断也不留情面。我在学校的时候最喜欢听他讲话，他的思维清晰、有条理，让你只能信服，无法反驳。就是这样一个只谈纪录片，喜欢顾城和弗洛伊德的人，在他女朋友那里，却完全是另一种样子，他会对她说：

“今天中午食堂烧的红烧鲤鱼不知道放了什么诶，真好吃!”

“我想变成气球飞到你身边啊！”

“天儿太冷了，我已经把秋裤拿出来了，你说我要不要穿毛裤啊？”

他还会幻想自己像奥特曼一样变身，然后带领恐龙战队拯救世界。

他女朋友写，男人蠢起来和女生一样不自知。我想的却是，这大概就是爱情的魔力，哪怕在别人面前严肃又刻板，但在爱的人面前你可以卸下所有防备，让心里的那个小孩走出来，变得有趣并且可爱。

女生在美国读硕士，两个人隔着13个小时的时差和大洋彼岸的对方打电话聊天，分享各自的所见所闻，所知所感。学长每天为她写一首小诗，她则每天为他讲一句情话。学长生日那天，他女朋友写了很长一篇文章，大意就是很多次都对爱情这种东西望而却步，矛盾、纠结、困扰且时常焦虑不安，一度认为自己遇不见那个人了，可他竟然出现了，并且出乎意料地如此合拍，他是她舍不得睡觉也要聊半个晚上的人，即使不说话一起静坐着也希望时间能慢些的人。他让她美丽生动，并且拥有阻止她老去的力量。

那天临睡前，我给闺蜜发了短信，让她醒来一定要去看学长的微博。

第二天早上六点她回复我：两个优秀的人谈起恋爱，可真让人羡慕啊。

或许就是两个人磁场相吸的原因，才会在茫茫人海中遇见，即使已经花光了所有好运气，但他们只要来日方长。

是他们的爱情告诉我，只有当你足够美好，才能和那个与你同样丰富的灵魂在人海中相遇。

爱情的奇妙在于，你永远不知道它什么时候会来，也猜不透它会在哪一天就离开。正是因为不确定性，所以每个人都在期盼，也不断地经历失落，不论你是否相信爱情的存在，有一些人真真切切和它撞了个满怀。

前些日子去西安见晓雨的时候，她还是孑然一身。昨天晚上，她告诉我，自己恋爱了。我的第一反应是：真好啊，以后她写文章终于可以不用胡编乱造了，自己去经历那些甜蜜幸福，体验矛盾挣扎，这样写出的东西才会让人感同身受吧。

她也曾遇人不淑，被前任伤害，曾和我自嘲大概是“注孤生”，但我很喜欢她的一点，是她从不对爱情这件事有过失望，永远期待，并且做好准备迎接。这才是对待爱情好的态度吧。遇见这件事的确很重要，但是比它更重要的，是你在遇见的时候，就已经将自己变成对方那个对的人。

好的姑娘的确配得上最好的一切，想要的就应该全部都得到；优秀的男生更应该和自己爱的姑娘喝酒吃肉，云游四方。但我们这一生，真的能遇见那个人吗？

想起前段时间看的一档综艺节目，那期的嘉宾是阿娇，看到她说自己想要谈一场以结婚为目的的恋爱时，内心十分酸涩，几度泪目。

出道多年，她受过一些伤害，遭受过非议，一度陷入泥沼，不敢前行。她没有爱的勇气，爱与被爱都在恐惧中夹杂着惴惴不安。即便始终如太阳花一般在成长着，却依然没有一个人说要娶她。没有谁会来告诉她，她一定能遇见那个soulmate，他尊重她的过去和现在，照顾好她并且全心全意地去爱她。毕竟这个世界太大了，一不留神就会和真爱擦肩而过，有些人就是没法和自己爱的人结婚，就是只能和不爱的人凑合在一起过日子。

一直都很喜欢一句话：没有爱不会死，但有了爱会活过来。

不能否认的是，爱情的确会滋润人，能给你注入新鲜血液，让你不再如行尸走肉一般。但爱情是生活的奢侈品，它足够珍贵、难得并且稀有。

十八岁那年，如果你来问我，在这个世界上，到底有没有一个对的人？

我的答案是，一定有。

但现在，你再来问我，究竟能不能等到那个人呢？

快要二十二岁的我会注视着你，却不知该给你一个怎样的答案。

我只能告诉你，如果你相信爱，那就慢慢等。而至于能不能等来，谁又知道呢，也许就算遇见了，你们之间也会错过。

得之你幸，不得你命。

真正的爱情，从来不是从遇见某个人开始，而是从遇见自己开始。所以不论如何，都请你永远活得兴高采烈，即便经历艰难坎坷，也要和这个世界去握手言和。

你抢走的
终究会被别人抢走

我爱上了别人的男朋友，在我认真地思考了几个晚上之后，我得出了这个结论。

按理说，我认识他是在他女朋友遇到他之前，我还和他暧昧了一段时间，可是后来在我不注意的时候，那个女生以迅雷不及掩耳之势吸引了他，之后是暧昧，试探，拉扯，进攻。最后她在他身上插上了自己专属的旗帜。

而我当时什么也没发现，还在继续实行欲擒故纵的计划。丝毫不知道自己的猎物早已经被别家猎人生擒。等我知道这个消息的时候，我的猎物已经对人家俯首称臣，摇头晃尾。

我无法接受自己败北的事实，我对着镜子盯了自己的脸很久，觉得自己是有把握把猎物抢过来的。

于是我跟一个好朋友说了我缜密的计划，并问她有没有什么疏漏的地方，她认真地帮我查缺补漏了一番，计划仿佛得到了升级。

也许会有人问我，抢别人男朋友这种事不是伤天害理的吗？那我告诉你，这件事从本质上来说是不太好，但也没到那种程度。每个人生来平等，在爱情里也是。你爱他，我也爱他，为什么你就可以肆无忌惮地拥有，我却不能上前争取一下？这不公平。

我打开他们俩的合照，仔细地看了很久，还是认为我和他更配。于是我打开和他的对话框，说："这么久都没聊天了，你都不找我。"

别小看这句话，这句话可是我思考了两个小时才想出的。一来可以间接表达我对他的想念，二来也小小地撒了一下娇，体现一下我的女人味。

五分钟之后，他回复我说"最近比较忙"。这句话有些客气疏离，直接把我隔到了十米开外，看来现在他对我兴趣乏乏。没关系，我放长线钓大鱼。

我继续和他聊了起来，我特意提起我们共同朋友的一些糗事来拉近我们的关系，效果显著。在我们聊得最开心的时候，我突然跟他说："我要睡觉了，晚安。"这也是我的计划，我要让他对我意犹未尽。

第二天，在相同的时间，我又主动和他聊天。我和他探讨了一下他爱的篮球，我骗他说我特别想学打篮球，因为我想长个子。别管这个理由有多么蹩脚，能让他看出点破绽来才最好。我还说出了我最喜欢的篮球明星，假装碰巧和他一样。在他说出"原来我们有这么多共同点啊"的时候，我故作生气："谁让你以前都不肯多了解了解我。"

第三天不跟他说话，第四天也不说话。第五天相同时间，我特别着急地问他："我的电脑坏了怎么办？"他问我哪儿坏了，我说："具体我也说不清，你把手机号给我，我在电话里跟你说吧。"他爽快地把手机号码给我了。

接下来的事就很顺理成章了，我把电脑拿去给他修，然后为了感谢他请他吃饭。我故意穿了他喜欢的少女系衣服，和他女朋友喜欢的御姐系形成对比。

在吃饭的途中，我假装什么都不太会。拧不开瓶盖，饭粒挂在嘴边……我伪装成什么都要他帮忙的笨蛋，并且在他帮我做完事情之后娇羞地说：“你好厉害啊。”

饭后，我假装担心地说：“你回去要好好跟你女朋友解释啊，别让她误会。”他笑了笑说，他女朋友很大度的，没关系。我笑了笑说那就好，其实我可不相信。

果不其然，他和她女朋友吵架了，他女朋友说我对他图谋不轨，说我是个“绿茶婊”。他有些烦躁，主动找我聊天。

不得不承认的是，女人看女人比男人看女人准一百倍。我假装很无辜地一直安慰他，还一边夸他女朋友一边贬低自己。我说也许她只是太爱你了才会担心，他说爱他就可以妨碍他交朋友吗？

我在心里偷偷地笑，计划成功了一半。

之后的日子里，我没再主动找他。我特意摆出想要避嫌的姿态，却还总是和一堆朋友一起出现在他面前。人群中，我绝不主动跟他说话，但是我一定要让他发现我在偷瞄他。

计划成功的那天，我们一群人去唱歌，我故意离他很远，在察觉到他在偷瞄我之后，我又故意多喝了点酒假装喝醉。

我唱了一首他最喜欢的歌，我漫不经心地唱着这首我在家里练了几十遍的歌曲，迎来了大家的掌声。我莞尔一笑，和旁边的男生喝酒，一眼都没看他。

酒过三巡，他坐到了我身边。我眯着眼看他，然后问他："坐这里不害怕女朋友生气吗？"他笑了笑说："我发现我和她越来越不合适。"我呼了一口酒气在他脸上说："那你要和她分手再来追我吗？"

他没有回答，而是吻了我。距离我开始勾引他，已经过去了三个月。

他终于成了我的男朋友。我一面很开心，一面又有些烦躁。烦躁的是，我必须时时刻刻伪装，伪装那些我曾经撒下的谎。陪他看球赛是我最不能忍受的，我简直如坐针毡，即使这样我还是得和他一起欢呼。

久而久之，我的狐狸尾巴渐渐显露。我不再穿少女系的衣服，而是换上了我一直喜欢的日系风。

在他第三次给我的衣着提意见时，我和他吵了架。

但是我还是很爱他，爱他深邃的眼神，爱他迷人的嗓音，爱他喝水时蠕动的喉结，我爱他的一切。可他爱的我，是穿上了一层层盔甲的我，那不是本来的我。

可我别无他法，只能继续演戏，等待着演不动的那天。

最近，我发现他对我越来越冷淡。我对他撒娇都不管用。我的内心警报长鸣，终于发生了我最担心的事。

我趁他洗澡的时候，偷看了他的手机。发现他最近和一个女生正聊得火热。

那个女生的手法和我简直如出一辙，果然对于男生这个物种，勾引的方法真是万变不离其宗，永远不用更新换代。

我假装没看见，继续扮演着他的女朋友。我才不要和他前女友一样，傻傻地和他吵架，我要慢慢地将他潜移默化，让他对我死心塌地。

我重新穿上了厚厚的盔甲，重新让他为我着迷。可是这次我错了，我被甩了。

我收到了匿名留言：你抢走的终究也会被别人抢走。

—

为什么
你会是个胖子？

—

十一假期我回了趟家，刚到家就约了两个直男发小半夜撸串。

这两个发小，可以组成一对组合。一个特别胖，一个超级瘦。胖的胖到什么程度呢，就是不低头都有三个下巴。瘦子啊，就更明显了，隔一段时间就会有人问他是不是身体出毛病了。坐在这俩人中间，仿佛置身于东北版的相声剧场，能让你一直笑到岔气。

酒过三巡，胖子开始讲起了他的苦恼。

胖子的苦恼是什么呢？这是个送分题，不就是减肥吗！

“我以前啊，真没觉得我自己胖，可是现在说我胖的人越来越多，我就有些困扰。”胖子一口喝下一杯酒。

“你现在多少斤？”我给瘦子递了一个眼神。

“不多，也就 200 斤。”

“也就？你可不止 200 斤吧。你不知道，他习惯四舍五入，240 也算 200。”瘦子打趣道。

“不是，主要是因为胖阻挡了我追求时尚的脚步。”

我和瘦子一边撸串一边听胖子细细道来他在时尚这条路上的失败经历。

“我去年冬天想买个貂皮大衣穿，我和我妈一起去了商场，我试了一下午，就是觉得怪怪的，但是具体哪里怪我又说不出来。后来我妈实在忍不住了，就劝我说，儿子，你还是别买了，你穿的每一件我从后面看，都特别像狗熊。

“春天的时候，万物复苏，我身边的朋友都走小清新风，我寻思我也试试。于是我和女朋友一起去商场买白衬衫，我试完了站在试衣镜前，怎么看怎么觉得像厨师。

“前几天我想买个项链戴，我去金店先试了试细的，结果我脖子太粗了，戴上像狗链子，差点没拿下来。后来我还不死心拿了根粗的戴，镜子里的我就像个煤老板。”

……

类似这种案例，他说了很多，我和瘦子笑得差点直不起腰。

“而且我发现我女朋友也越来越胖，她以前可苗条了，这以后她的体重直线飙升，我吃她就跟着我吃，我们俩这不是一起堕落吗？！”

“我想减肥，可是我觉得太难了，有几个能减下来的啊。”胖子摸了摸自己的肚子感叹道。

我笑了笑：“你别说，还真有。”

小秋是我的高中同学，高中时候的她最胖达到 150 多斤，再加上她不到一米六的身高，大家一度都不叫她小秋，而叫她“小球”。

那时候的她是真能吃，能吃就算了，主要是她还不挑食。凉皮吃完了之后还要用汤泡一盒大米饭吃。经常吃东西吃多了不消化，弄得她跑去吐，吐完之后还能继续吃。谁有吃不完的东西也都招呼她，她的胃像一个垃圾桶，将所有垃圾食品统统倒进去。

每天熬夜和暴饮暴食导致她越来越胖，衣服也只能买男款，因为脚肥，原本 37 码的脚却要穿 39 码的鞋。

这些其实都可以克服，难以克服的是众人有意无意的嘲笑。胖过的人都知道，别人一句无意的话，都可能变成深扎在你心里的长刺，没有人去拔，就慢慢地长满了心脏，变成了枝繁叶茂的荆棘。

高中毕业之前，小秋和很多女生一样，立下了“上了大学我要减肥”的誓言。当时大家哄笑一片，谁也没当真。

毕竟是个人都知道：减肥这件事，犹如登天。

上了大学之后，大家联系得少了。偶尔我给小秋打个电话，她总是很忙。

“我不跟你说了，我要去跳街舞了！”这句是我听过最多的一句话。

三个月之后，小秋在微信上跟我说她瘦了十斤。

我以为她吹牛呢，也没怎么在意。

五一的时候我去找她玩，在车站远远地看见她在对我挥手。我眯着眼，发现她是真的瘦了。

“你真瘦了！你怎么瘦的？”我握住她的手激动地问道。

“不吃零食，不吃晚饭，拼命跳舞。”

我咂咂嘴，暗暗佩服。

到了今年暑假的时候，小秋已经瘦了二十多斤，我从背后看她，已经有些不太认识了，她穿着黑色裤子，腿就比我粗一点。

“我要是你，估计就认命了，我绝对不可能有这么大的毅力减肥的。”我对小秋说。

“我不是说了吗，我一定要当个瘦子。”小秋的语气笃定。

假期我和她“厮混”了很久，发现她真的是厉害。无论晚上要去吃什么好吃的，即使是她最爱吃的，她都只是看着我们吃，最多闻一闻。开学之后，她跟我说她减肥到了瓶颈期，有些减不动了。于是她开始在三餐上下功夫，不吃重油的东西。最后她居然在网上买了一箱榨菜，每天中午就着榨菜吃一小碗米饭。

这次十一见面，她又瘦了。从 150 多斤掉到了 120 斤，她用了一年的时间。

“我现在只是微胖啦，不久之后我就会变成瘦子！”小秋又一次立下誓言。这次我没有笑，因为我相信了。

真的，女生千万不要相信有些男生说他们喜欢肉肉的女生，他们只喜欢身材好的女生。也千万不要相信微博上的毒鸡汤，“一定会有人爱你本来的样子”“胖子多可爱”，这些话听久了会中毒的。

我们不得不承认的是：即使我们在心里鄙夷一万次网红脸，也还是有很多人觉得美。相同的道理是，即使我们认为节食影响健康，好好吃饭，身体才会好，可是胖子就是不漂亮。

这个世界就是这么现实以及功利：美丽的衣服都是给瘦子设计的；你喜欢的男生的女朋友也许没有你美，但一定比你瘦；纵然你五官精致，但只要你是个胖子，你就是不漂亮。

我们都缺乏“要么瘦，要么死”的毅力，往往是：今晚不吃饭，明晚就动摇了；今天不吃零食，过两天就馋了；今天去跑了八百米，也许这一周我们就跑了这一次。

成功永远是留给有准备的人的，馅饼不会砸在一个肥胖邋遢的人的头上，机会是给每个人，可是瘦子往往跑得比胖子快一些。

希望你对自己足够狠，不怕吃苦，出落成一个美丽的瘦子。

你说话
真的很让人讨厌

“你怎么总买些便宜货啊，你这衣服质量真不咋地，说句你不爱听的啊……”

“那就别说了。”

“听说你办了件挺傻的事，说句你不爱听的啊……”

“那就别说了。”

有些人，也不知道是口头禅，还是怎么着，对于别人的事，发表观点时，总是喜欢加上一句：“说句你不爱听的啊，你别不高兴！”

刚接触到这句话的时候，我真觉得对方这是在表示关心的开场白，这是把我当朋友才说的话。但是，往往对方后面接上的话不是讥讽就是嘲笑，最后气得我脸都绿了，我忍！

因为我还当她是想“帮助”我的朋友，即使说得再难听，她应该是为了我好吧……

说真的，打着朋友的名义，在你困难或者被人骗的时候，不帮你分析利弊，却总是摆出一副“看吧！又吃亏了吧，我得去损损她”的架势，然后数落得你体无完肤。遇到这样的人，一点面子也不要给他留，直接让他滚远点。我把你当朋友，你把我当什么了？我真心实意地讲出我的困难，需要你帮忙分析、安慰，结果你在我这儿找优越感来了。咱们这样的朋友就散了吧，你不帮我，我也没怪你，但请你闭上你的嘴好吗？你说话真的很让人讨厌！

初中住宿，每个人的生活习惯不同，有人喜欢袜子攒够一个礼拜再洗；有人就喜欢洗每天换下来的衣服。我呢，其实也不是多爱洗衣服，但我觉得脏的衣服放在衣橱里，其他衣服也就脏了，所以每天都在紧张的洗漱时间里加了洗衣服这项巨大工程。

一天，我刚洗漱回来，舍友把脱下的袜子随便扔在盆里，坐在床上跟我说：“那个 ××× 呀，你说你每天洗这么多衣服多累呀，快歇会儿吧！”当时我开心呀！觉得这是我舍友对我的关心呀！

我笑着说：“行，我洗完了，这就上床了。”

舍友一本正经地说："来坐我床上歇会儿，咱们聊聊天，说句你不爱听的，你别不高兴啊。"

我笑着说："这么见外，说呗。不生气。"

舍友："你说你这上学听课、放学洗衣，累得跟狗似的，每天看你洗衣服这么勤快，我心里就高兴，就喜欢看别人劳动的样子……"

我的脸当时就绿了，正宗的孔雀绿！

我打断她的话："这些话我听着挺生气的，别说了，我要睡了。"

从此以后，将她这句"说句你不爱听的啊，说了你别生气"拉入黑名单，并设置自动回复："那就别说了。"

说真的，对于这样的对话，我真掌握不好你是要和我谈心聊天，还是要和我吵架的节奏。如果在你心中，对我的善言等于恶语相向，那就等你学会怎么说话，我们再聊天吧。

说话方式，能帮你成就事业，也能让所有人离你远去。所以说学会一个好的说话方式，最起码不会让你变得那么讨人厌。

劝诫有这样说话方式的朋友一句话：

我把你当朋友，可无话不谈并不等于口无遮拦。作为朋友我要求不多，只希望你在我失落的时候或者疲惫的时候能少说话就少说话。

—

我们需要个性，也需要圆滑

—

我们有多讨厌，其实我们自己是感觉不到的，直到我们遇到了一个和自己相似的人的时候，我们才发现，原来自己这么讨厌。

其实我也是一个生活中比较有个性的人，做事比较遵从自己的内心，不太在意周围人的眼光。初入职场的时候，很反感那些说话做事过于圆滑的人，那些张口闭口叫“亲爱的”“宝贝儿”，表面一套背后又一套的人，觉得他们太道貌岸然，虚伪得让人鄙视。

我不喜欢一个人，就懒得去应付她，大不了大路朝天，各走一边。那时候我讲究说话直接，不喜欢拐弯抹角，年纪大一点或者圆滑的人，就会在背后窃窃私语：“这孩子情商低吧？”我却不以为然，说话直接一点不好吗？我将这称之为“个性、洒脱、真性情”，不屑那些“拍马溜须”和“阿谀奉承”的人。

工作几年之后，当我成为职场老人，再和刚毕业的实习生打交道的时候，我终于看到了自己当年的影子——自己当时还真的挺惹人厌的。有一小部分刚入职场的新人，说话特别生硬，语气还很拽，其实我知道他们没有恶意，但就是让人听着不舒服，直白率真得有点没礼貌。

我听身边的朋友讲，他也遇到过这种事：和客户公司的一个初入职场的小男生对接工作，让他修改了三次方案以后，小男生生气地问：“你是不是在故意为难我？想为难我你直说！我觉得这个方案挺好的，我不想改。”当天这个男生就从设计室被调到工厂去了。

同样两个职位的人，你更愿意和说话圆滑一点的人共事，尽管知道对方说的是客套话，但听着舒服；而那些说话直白的人，尽管真实，但听着不舒服。很多人不知道，你的上司费了多大劲儿才拉来一个客户，当交给你对接的时候，却被你给搞砸了。其实态度稍微温和一点就可以，你的直白个性，真的没有人愿意买单。并且，当你自己什么都不是的时候，你的个性多少显得有点无知。

情商高的人，让自己开心的同时也让别人开心；情商低的人，自己不开心的同时也不让别人开心。

我之前工作中遇到一个年龄很小的客户，每次合作的时候，她都很有礼貌。工作对接中出现任何问题，你找她，即使不是自己责任范围内的事情，不管能解决与否，她都会告诉你一声："我帮你去问一下我的同事，你稍等。"虽然，问题也许解决不了，但还是感觉很舒服。即使她好几次犯错，写错了我的笔名，我都觉得是可以原谅的，所以我们合作是最多的，我也很愿意和她共事。而与她相反，其他客户遇到相同的问题，大都会讲："这不是我分内的事，你找别人吧！"如果不出什么问题，不会再有下次合作了。

很多时候会做人，要比会做事更重要。所以职场上混得好的，往往不是当年学校里成绩好的人，可能是那种很会交朋友的人。

职场中，特别是女性和女性之间的相处，最容易钩心斗角、起争执，避免矛盾的最好办法，其实就是交流中多说一些好听的话，这一招屡试不爽，能为自己减少很多麻烦。

最后，借用网络上的一句话结尾——所谓"高情商"，就是好好说话。

你有故事和酒，
我有梦和远方

今年的6月7日和8日，我参加了全国高考。和大多数考生一样，考完试之后是撼天动地的狂欢、流泪、炽热、咆哮、拥抱。可就像烟火一样，热闹之后是一群人的孤单与寂静。

漫长的假期让人变得懒散。我没日没夜地躺在床上，刷着社交网络、看电影、睡觉。偶尔参加同学聚会，在KTV里一首又一首地唱情歌，一瓶又一瓶地喝酒，觥筹交错的欢愉让人迷茫与颓废，我开始频繁地喝醉。就这样，在与狐朋狗友打牌喝酒中又过了一个多月。

8 月中旬的某日凌晨，我深刻地记得我坐在床上看着窗外冷清的月光，不停地掉眼泪。我觉得喘不过气，我想去草原看看。

于是之后的两天，我开始看火车票和青旅，旅伴早就选好了。在 2014 年的时候，我就和小秋约好了一起去草原。好在这回我们也一拍即合。最困难的莫过于说服父母，我用了我全部的招数，他们还是觉得不安全。这点我理解，两个小姑娘要手牵手去满洲里，新闻里经常报道边界治安乱，父母担心也是情有可原的。

可是我们都不怕啊，我们浑身都充满对这个世界的好奇与热情，我们想要用自己的方式去看世界，而不是由导游或者父母带领着，按图索骥、亦步亦趋地过活。

在 8 月 19 日傍晚，我们出发了。是的，我说服了父母，其间困难可想而知。在出发的前一夜，我妈对我说："其实我一开始就知道，无论我同不同意，你都会去，你一直这样，不撞南墙不回头。"

我和小秋的全部资产加起来不到四千块钱，考虑再三，我们选择了坐二十五个小时的火车硬座到满洲里。我们买了泡面、矿泉水、水果，手机充好电，兴致满满地上了火车。

我至今清楚地记得，我们俩坐在靠窗的座位相互看着彼此，笑得像两个傻子。幸运的是车厢里的人不多，到了晚上我们可以占着三个人的座位睡觉。我们不停地睡，偶尔和一些大叔唠家常，就这样疲惫地过了二十五个小时。

8 月 20 日 19 点 47 分，我和小秋顶着满身油光在满洲里站下了车。满洲里还没有天黑，吹着温暖的风。出了站就看见一张张陌生而又热情的脸，带着浓郁的少数民族的气息，我突然变得开心起来。

在拒绝了几个长相不友善的出租车司机后，又一个出租车司机上前问我们去哪儿，我仔细观察了下他：三十岁出头，小眼睛，黑皮肤，笑容真诚。我说出了青旅名字，将手机订单上的详细地址给他看，他爽快地答应送我们去。一路上，他热情地给我们介绍满洲里的特色，还递给我们他的导游名片，名片上赫然写着“导游小飞侠”。我们仔细考虑过后觉得价钱公道，便答应了下来。

青旅离步行街很近，环境干净整洁。我们顾不上劳累，放下行李就跑去看夜景。

满洲里不大，一共就六条街道，但是这六条街道充满了俄罗斯风情。步行街到处都是俄罗斯店铺，小摊小贩也用音响放着俄罗斯歌曲，还有随处可见的俄罗斯小伙快要把我俩“帅瞎”。

我们一路大笑，像两个疯子一样到处穿梭，很晚我们才回去。青旅的床很舒服，但我并没有睡好。小秋则睡得很好，只要有床有吃的，她就能活得很快乐。她不挑不拣，不争不抢，包容我所有的坏脾气和不耐烦，是我的最佳旅伴和最佳损友。

第二天我们 6 点多就起来了，7 点准时在楼下看见昨天的出租车司机。他热情地请我们去吃早餐，然而就是因为他太热情，所以我有些担心。小秋虽然也担心，但她还是喝了一大碗粥，吃了四个包子，两个鸡蛋。上了车后，天气开始阴沉，这更增加了我的不安。

司机很健谈，他从他上高中开始讲起，其间夹杂着他丰富的恋爱史以及坎坷的求学经历，兴起之时还会大喊几句俄语来表达他难以平复的心情。可他的话漏洞百出。一会儿说他已经结婚了，一会儿又说他想和他女朋友分手，只有那几个俄语颤音说得不错，然而我们又听不懂，不知道他是不是在骗我们。我和小秋彼此互换眼神，都从对方的眼神里看到了胆怯。

很快到达了第一个景点，套娃广场。我们都不喜欢套娃，于是就想象征性地逛逛就走。可是在商城里，他开始劝说我们买东西。我心想，果然导游都一个样。于是我们摆出了“我们就是不买，你又能拿我们怎么样”的架势，想让他知难而退。

结果他立刻换了简单粗暴的方式，直接带我们到卖套娃的专柜让我们挑。这种蛮横把我们吓坏了，甚至想就此结束和他一起的旅程。可是我们又想，他不会不讲道理吧，于是我们坚定地跟他说我们不想买。他有些不高兴的情绪，但是能压抑住的那种。

到了北国第一门之后，他又恢复了笑颜。我和小秋开玩笑说要翻过栅栏去俄罗斯找帅小伙去，他大笑说他可不想看见两个小姑娘被枪打死在他面前。小秋像疯了一样不停地跳，让我抓拍。她浑身的肉随着她的动作起伏不定，倒是再一次给了司机好心情。

在去呼伦湖和草原的路上，天开始下起了小雨。我们渐渐驶出了市区，路两旁没有一个行人，只有无边无际的草原。我趁司机不注意的时候，将他立在车里的工作证拍了下来并传给了我另一个好朋友。我跟她说："如果晚上你联系不到我，就报警。"然后装作什么也没发生，继续和司机比赛吹牛。

后来大概是他把半辈子都给我们吹完了，没什么可讲的了，于是他便很大声地放着老歌并跟着高声歌唱，他的声音浑厚嘹亮，慢慢缓解了我的焦虑。我们不停地路过草原与发电的大风车，像极了电影《天国的邮递员》里的情景，我开始兴奋起来。

到了草原，雨大了起来。我们淋着雨，追着龇着牙的骆驼满草原跑，并且再次拒绝了司机的邀请，他让我们骑马，我们直接说我们没有钱。然后没有管他不高兴的脸色，继续去追骆驼玩，并且疯狂地拍照。

最后一站是婚礼宫。通往婚礼宫的路是一条通向山顶的陡坡，山上没有游客，空旷寂静。随着车上坡，婚礼宫越来越清晰，我不知道为什么我红了眼眶。我们没有进去，我在通往婚礼宫的路上拍了张照片，是我回头的样子，像得到了幸福。我想啊，以后我有了爱人，我们一定要一起来这里一次。

分别的时候，雨已经停了。空气里全是喝饱了水的泥土的气息。我们把钱递给司机，并对我们除了瞎逛，什么也没买的行为道歉，他反应平淡，好像对于他今天拉了两个穷丫头的事实已经欣然接受。

我们没有回青旅去，而是去了邮局，我买了一大堆明信片，坐在大厅写了一个多小时。在我们吃完了晚饭坐在步行街的凳子上欣赏街头艺人的歌声时，我不经意掏出了电话，看见了十多个未接来电。我猛然想起这时已经是晚上八点多了，也许，警察局已经开始对我们立案了。

我慌忙打电话给朋友，遭到了她劈头盖脸的痛骂，不过幸亏她还没报警。因为她打通了司机工作证上的电话，质问他我们哪儿去了，司机义正词严地说他是正经导游，他的名字叫作“小飞侠”。

尽管现在北方已经进入初冬，但是只要我闭上眼，还是能感受到满洲里温暖却呼啸的风，和我洒在风里的梦。

Chapter 03

失恋咖啡 or 分手街道

吵架就吵架，
能不能别分手

好哥们前两天分手了，表面上看起来风平浪静，半夜我不放心，打电话过去，发现他喝大了！整个人哭得可怜兮兮的。

我问他："不想分？"

他："不想，舍不得！"

我："舍不得还分？没准她现在也难受得睡不着呢！"

他："她太任性了，动不动就分手，如果她真的想和我在一起，吵架我是不怕的，可是总是提分手，我受不了。分一次，哄一次，反反复复，她到底是不是真的喜欢我？"

“她到底是不是真的喜欢我？”女孩子终于把哥们儿作懵了。

我觉得，如果一个女生真的不喜欢一个男生了，她是不可能三番五次地提分手，然后男朋友一哄，就立马回头的。相反，那些真心想分手的女生，是不会轻易说的，她们一般是找准时机和借口，一旦分手就很彻底。无论男朋友怎么跪求，都绝情地不会回头。

所以，我觉得那个女孩子应该也还是喜欢我哥们儿的。只不过她在这段感情里没有安全感，如果男生一旦哪里做得不够用心，她就开始怀疑对方是不是真的在乎她。没有安全感的人一般喜欢用分手来解决问题。

如果分手后，对方挽留，她觉得对方是在乎她的，那就和好。如果对方没有挽留，她觉得果然对方是不在乎她，自己就倔强地不会回头。

所以，很多情侣都会犯一个错误，明明互相喜欢，却彼此折磨。

一个在心里喊：“你怎么也不挽留我？”

另一个在心里咆哮：“你真走了啊？”

很多相爱的人，就是因为一点鸡毛蒜皮的事情，明明吵一架就能解决，却非要大动干戈地把分手搬出来，本来只想吓唬吓唬对方，结果，两个人真分了。

前段时间，一对相爱十年的高中同学结婚了。我们都很羡慕俩人，在这个一言不合就分手的年代，我们都怀疑自己能不能谈一场不分手的恋爱，他们一谈就十年，还顺利步入婚姻的殿堂。

我们嘲笑男生说，就是老婆管得严了点，别的都挺好。这时候有人说："他老婆真的挺不错的！之前他犯浑搞过外遇，他老婆就问了他一句：你还想不想继续好下去？如果不想，那就分了吧！如果还想，就把乱七八糟的关系断干净，下不为例。"

大家听完后，惊了！原来看起来完美的爱情，并非一帆风顺、天生合拍，中间也是出现过很多波折，甚至濒临分手。两个人之所以能走到今天，真的是因为用心经营，不轻易放弃彼此。现在两个人恩爱有加，光看两个人的眼神，就是满眼爱意，走到哪里都能虐一批单身狗。

《失恋 33 天》里，一对相爱了一辈子的老夫妇说过："感情就像家具，我们那个时代的人，家具坏了，就拿去修一修，修好了，继续用；而你们这个时代的人，坏了就是坏了，扔了换新的。”所以，虽然现在恋爱和婚姻都自由了，但分手率和离婚率却相当高，大家都没有耐心给彼此太多时间去磨合和成长；而作为两个有着独立个性和思想的个体，想让对方变成你希望的样子，不是只有爱就可以的，是需要花时间慢慢去改变的。

我的大学室友，在结婚之前差点悔婚，因为和未婚夫总是吵架，尽管彼此喜欢，但发生争执时，两个人都气急败坏地有悔婚的冲动，最严重的一次，双方家长都同意解除婚约了。不过后来还是结婚了。结婚一年之后，有次和我聊天说，她和她老公的感情越来越好了，比恋爱那时候还要好。

我很惊讶地问：“婚姻不是爱情的坟墓么？结婚后都是相看生厌啊！”

她笑了笑说：“他现在慢慢地变成了我理想的样子了，经过这一年的磨合，我们彼此更合拍了。不管是老公还是男朋友，都是需要一段时间去把他变成你理想的样子的。”

所以啊！如果恋人有哪些地方做得不符合你心意，可以生气，可以吵架，可以和他沟通，但不要因为他没做好，就用分手的方式去解决问题。如果有爱，请花点时间让他变成你喜欢的样子。好的感情就是，即使吵得再凶，都不轻易说分手。

不要轻易放弃一个你喜欢的人。

—

谢谢你对我够狠，我才能放下你

—

有次和几个朋友一起喝酒，喝多了，几个男生讲起了他们当年和女朋友分手的故事，听到最后，我红着眼眶骂他们禽兽，恨不得扑上去揍他们一顿。我觉得他们太残忍了。男生分手和女生分手真的不一样，他们说分，通常就是分定了，多舍不得，都能下得去决心。

小孔研究生毕业的时候，女朋友要出国读书，而他想回老家自己创业。和所有陷入爱情漩涡的女生一样，小孔的女朋友很黏人，一直哭着说舍不得和他分开。而那时候的小孔，一个血气方刚的创业男生，满脑子想的都是自己的将来，出生在普通的中产家庭，他创业从家里拿了几百万元出来，压力也很大，眼前一抹黑。一边是女朋友天天哭着舍不得分开，说不想出国读书了；一边是创业的辛苦和压力，他一狠心就提出了分手。

他提分手是在女朋友出国的前几天，电话里说了分手以后，他就不再接听对方电话，也不再回对方信息，女生像疯了一样，跑到他家门口，哭着求他开门。那时候是北京冬天的晚上，走廊里都是刺骨的冷风，女生站在楼道哭了一晚上，隔壁邻居都被惊动了出来，大家都在门外喊“你把门打开”，可不管外面哭喊成什么样，屋内都没有一点动静。和小孔一起合租的室友，实在看不下去了，打算开门让姑娘进来，却被小孔一把拦住，说什么都不让开门。

那个冬天的晚上，姑娘一直在门口蹲到后半夜，嗓子哭哑了，也没力气了，就靠着门坐在地上。即便她如此可怜，房门都没有打开，后来是几点离开的，大家都不知道。几天后，女生伤心欲绝地飞到了太平洋对面。

刚到美国的前几个月，女生还是放不下，给小孔打越洋电话，小孔看了来电显示，一律不接。电话打了几个月后，之后再也没有响起。

三年过去了，小孔的创业也终于走上了正轨，拿到了C轮投资。前段时间，他翻看朋友圈，就是我们喝酒的那天晚上，发现前女友在美国找了一个男朋友，而且已经结婚了，朋友圈晒出了婚纱照。看到照片的那一刻，他突然傻了，心情很复杂，看着曾经被自己一手推开的女生终于找到了一个好归宿，很开心，但又有说不出的失落。

我们问他："后悔了吧？心里有没有一点愧疚，觉得自己当初太残忍？"小孔摇摇头："不后悔，我前女友太依赖我，做事比较孩子气，而我这个人做事向来比较狠心，不会心软。我当时如果不狠心点，她就和家里闹着不出国，即使出国了也不会好好读书，一定会想我想得哭。就算她留在国内，我创业还不知道失败还是成功呢，我不能保证她跟着我能过上好日子，还耽误了她出国深造的机会，不如让她彻底断了这个念想，安安心心地去那边重新开始。"

听完后，大家都沉默了。我们也不知道小孔做的是对是错，因为感情的事情很难用对错来界定。其他男生也有过类似经历，分手的时候，女朋友从湖南跑到北京，抱着男生脖子哭着说不想分手，求他再给自己一次机会，男生还是把她一个人扔在了酒店，第二天买了一张回去的车票，把她送走了。

爱情的路上，谁都遇到过一个对自己够狠的人，百般折磨后，再也不敢对他有半点眷恋，因为太痛了，他的名字就是你所有耻辱和疼痛的代名词。但也谢谢他，因为他足够狠，我们才能彻底放下，下定决心开始新的生活。

写给
走不出失恋的你

这个季节的晚上，外面总是比房间里更舒服些，吃过晚饭，下楼透气，突然想吃樱桃。平时买水果都在家门口的大型超市里买，今天却鬼使神差地想换个地方，去一家我从来都没去过的水果店，我甚至不知道它叫什么名字，也不知道具体地址在哪里。

那家店，记得以前前任开车带我路过一次，他指给我说："你看，这是你家附近唯一的一家类似'果多美'的水果店，你下次可以来这里买，很新鲜的，种类也全。"车子的速度很快，店在我面前一闪而过，我只看到一个影子。

当时是晚上，也是我刚搬到新家后不久，对附近的路况一点都不了解，凭借我仅有的印象，判断出这大概是地铁哪一站的附近，我扭头和他说："可这里离我家附近的地铁一站地，很远啊！我下楼就是超市，干吗跑这么远？"

他想了下说："也是，那你还是在超市买吧。"

可能是想他了吧！今晚，我突然很想找一下记忆中的那家店在哪里。

记忆真的太坑人了。我记得那天晚上车子驶出地下车库不到五分钟的时间，就路过那家店了，可我今天走了足足半个小时，都没走到，我甚至都在怀疑是不是自己走错路了。我找了很久都没找到，最后很沮丧地回家了。

不知道有多少人和我一样，很想念一个人，却不会再找他，而是去记忆里看看曾经和他有关的东西。成熟后的告别和想念都是悄无声息的，我们已经在一次次的告别中，学会了冷静地看待分开。终于可以理解，分别，也是一种人生常态。

回来的路上，碰到一个姑娘手里提着蛋糕站在路边打着电话哇哇大哭，跺着脚在电话里喊："你让他接电话，他为什么不接我电话？”过了一会儿，她突然大喊一声，“滚！你让他滚吧！以后别再让我在朝阳区看到他。”姑娘“啪”一下子挂断电话，把蛋糕扔出了一米远，蹲在地上又哇啦哇啦地大哭起来。

不知道今天是她的生日，还是对方的生日。

她一定是太难过了，以至于已经顾不得什么形象了，那种失恋的心情和求而不得的难过让人百思不得其解——他为什么就是不爱我，我又是为什么这么爱他？这永远都是一个无解的难题。

每个人前几次的失恋都是惊天地、泣鬼神的，不哭个肝肠寸断，不折腾几夜不寐，都过不去那股劲儿。记得我刚失恋的时候，半夜不睡，跑到外面给男朋友打电话，非要让他回答：“为什么分手，给我一个理由，是我哪里不好吗？”他生气地在电话里喊：“大姐，都凌晨两点了，我明天还上班呢！”然后啪地挂断了电话，我再打过去就关机了，留下郁闷的自己更加难过地坐在马路上大哭。像极了今天的这个姑娘。

那时候的我们一直在纠结一个问题：

“为什么分手，我哪里不好？”

“明明之前还很爱我的，怎么突然就不爱了，他怎么可以不爱我？他不爱我了，我怎么办？他为什么不爱我？”

“我怎么做，他才会爱我？”

没有经历过人生太多痛苦的我们，对于这种突如其来的失去，整个人都陷入一种失心的状态，执拗地走不出来，一定要非他不可。

再到后来的失恋，即使再难过，也要硬撑着回击对方一句：“老娘早就想分了，他年嫁得良人，定谢你今日不娶之恩。”等喝醉了之后，才会借着酒劲哭出来，“我还是很想他。”

再后来，对方说一句“分手吧”，自己再也不会问一句“为什么”，只会简单回复一个字：“好！”几次撕心裂肺之后终于明白：不爱了就是不爱了，什么都会成为不爱的借口，跟你好不好没有半点关系。他想离开，一定是他再三思考过的，他自有他自己的原因，问与不问结果都一样。

而现在，分手可能都是悄无声息的，时间到了，两个人会很默契地自然疏远，不去问为什么，不去挽留，也不会诋毁。人世间的缘分有长有短，有的人只能陪你走一段，而有的人有幸能陪你走一生。时间到了，我们都另有安排。

而能不能在一起的原因有很多，和爱得有多深，并没有太多关系。一句简单的“我喜欢你，你喜欢我”，并不能跨越现实中的种种障碍。爱，并不能战胜一切，有时候它也需要三分的好运气。

分别，本来就是人生的一种常态。对于生命中出现的人，如果是经过，就当是风景；如果留下了，就当是人生。没有住在最美的风景里，偶尔回忆一下也挺好的，总比从来没有见过美景的好。

二十七岁，
我和相恋六年的男友分手了

在我二十七岁的时候，我和相恋六年的男朋友分手了。

那是我一生中最好的六年，即使到了垂暮之年，我也能想起那段时间里关于爱情的一切。刚认识他的时候是在深秋，北方的秋天总是干脆、明快、敞亮、疯狂。大片的落叶带着明艳的黄色，夹杂着秋天的清冷一起向你扑过来，感觉妙不可言。

我跟着一群同校的志愿者去福利院看望老人和孩子，十几人的队伍举着一个献爱心的大红旗，转了几辆公交车，穿过几个小巷，干燥的路面直通福利院。斑驳的院墙透着复古

的红色，温暖又古朴，不大的院子里铺满了落叶，几个老人坐在院子里晒太阳，落寞又孤单。

领头的人先去找了院长，其他人叽叽喳喳地聊天。我想去和老人聊天，还没迈出脚步就被同行的人拉住，说一会儿拍个照就可以走了。我对这个集体的不屑已经完全隐藏不住，我径自跑到老人身边，可还没来得及说句话，就被过来送水果的你打断，你说："李大爷，你看，我又来烦你了。"我逆着光看你，你有明亮的眼睛和温暖的笑容。这是我们第一次见面，你记得吗？

有了第一次见面，我们之间的见面就变得顺理成章。我们不约而同地出现在福利院，我陪小孩子做游戏，你陪老人下棋。到了傍晚，一起穿过一排排银杏树走到公交站，我们不同校，你往城南，我往城北。这样像约会又不是约会的见面持续了很久，就连福利院的老人都习惯了我们一起出现。可是我们之间的关系说不出是怎样，暧昧吗？互相喜欢吗？我说不清也道不明。

就在我觉得你并不喜欢我，是我自作多情的时候，你向我表白了。那天已经是初冬了，银杏树的叶子已经掉光，深棕色的树干赤裸在寒风中，和我一样冷。你把大衣脱下来递给我，我看着你不知所措。你说："你要不要跟我在一起？"我睁大了眼睛才不让泪水掉下来。我说："好啊好啊好啊。"

在一起的第一年情人节，我提前准备了好久。跟室友学了织围巾，自己做了巧克力，做了一大堆关于你的美梦。我们逛了街吃了饭，我左等右等也没等来我的礼物，我心想你一定是要给我惊喜。这种等待的愉悦一直持续到看完夜景，我把礼物交给你时，你脸上的开心与后悔接踵而来，我才明白，你原来是忘了我的礼物。我没出息地号啕大哭，你一边给我擦眼泪一边安慰我，正好过来了个小孩子拿着玫瑰说："哥哥，给姐姐买朵花吧。"我满脸期待地看着你，你挑了半天说了句："太蔫了，不买。"我哭得更大声了。

在一起的第三年，我们同时面临着毕业。你想去北京，我想留在这个城市。我们对此争论不休，我放下狠话，你爱我就别走，你走了就分手。你看着我，满脸难以置信。结果还是我赢了，我拿我们的爱情当作筹码，但胜之不武。你在普通的公司里做白领，朝九晚五；我自己靠写稿子，收入平平。我们像每一对普通的情侣，周末一起做饭，看电影，可我总觉得你不快乐。

在一起的第五年，我们已经没有了一日不见如隔三秋的甜蜜。我们的日子平淡如水，就像我做饭你刷碗一样，变成了规律。你开始频繁地喝醉，回来得越来越晚。我变得疑神疑鬼，开始查你的手机，打听你的每日行踪，偶尔趁你不注意还会闻你的外套。我痛恨自己的敏感，对自己的行为感到不齿，可理智和情绪将我来回拉扯，让我神经兮兮。我们开始吵架，从一开始的几句拌嘴，到后来的大动干戈，一点一点地耗费了我们之间的感情。

双人床之间的空隙越来越大，剩菜越来越多，叹息越来越长。偶尔说几句话，也显得局促和尴尬，亲密无间的两个人开始变得有礼貌，这真可笑。多少次深夜，我看着你的背影，质问我自己：我们之间，到底怎么了？

有的时候我在想，要不我们结婚吧，结婚后就好了。可是你从来也没有表示过，你假装看不见我给你的所有暗示。我像个跳梁小丑一样在你面前扮演结婚狂，路过婚纱店故意走得缓慢；每天碎碎念，谁又结婚了，谁又在度蜜月；我甚至想和你有个孩子，这样就能用孩子绑住你来和我结婚。

但你说我爱得自我，爱得狼狈，我目空一切，甚至不把你放在眼里。你说我太锋利了，一次又一次划伤你，你已经伤痕累累。你说我甚至从来没问过你，这是不是你想要的爱情。

这犹如当头棒喝。你压抑了六年的对我的不满，像一场海啸，奔腾而来，快要把我吞噬。我不可置信，我那么用力爱，为什么还是错了呢？

你搬出去了，你走的那天风和日丽，和我第一次见你时的天气一样。你说，我们给对方一段时间，然后再来谈。

我守着空荡荡的房子每日细数我的滔天罪行，可笑的是我竟供认不讳。我也曾在痛哭的长夜里扪心自问，我到底还爱不爱你？可是即使我将美好的回忆榨干，我都对爱这个字模棱两可，再不像以前那样呼之欲出。

我想，我们感情的这杯水，已经凉透了。分手的那天，天气阴沉地要下雨，像是在为我们感情的结束而哭泣。可我们平静极了，连最后的挣扎都不再有。

从一开始的信誓旦旦、不思其反，到最后的各自天涯、一拍两散，像一部狗血电影。

也许未来有一天我会有新的爱人，我们拥抱取暖，深情款款。也许他还会夸我温柔懂事，但他不会知道，岁月是如何敲打我尖锐的棱角——我耳边的一声声轰响，风里的一滴滴眼泪，撒手不见的爱人，都是爱情将我变得圆润温和的代价。

—

愿夭折的爱情
都能彼此祝福

—

我从你的全世界走过，从童颜吟吟到白发斑驳，从青梅竹马到举案齐眉，从百褶摇曳到婚纱落地，你说你爱我，可最终我们还是彼此错过。

No.1

分开后的第多少天里，你仍在想他。想他的一颦一笑，想他的温柔如潮。想此时此刻的他，在哪里，做什么。忍不住去刷朋友圈，企图从中得知一点点边角料的消息。可那又怎么样呢，你们的分手已是事实。

与他携手度过几个春秋，一起跨过山川河流，身边的朋友都说你们一定能走到最后。曾经，你也对此深信不疑，而如今却只有默默叹息。

有人猜测过你们分手的原因。是不爱了？处腻了？还是出轨了？你摇摇头，因为我们都不小了。

年少时的爱情像玻璃珠子。那时候天空正蓝，太阳正好，给一点点微光，都能折射出全世界的阳光。那时候的幸福，是他给你一颗糖，都能甜到你心房。

那后来呢？脱下校服，放下发卡。他西装革履，你高跟卷发。他说你少化妆，皮肤都没以前好了。你说他太忙，都没时间陪你说说话。你怪他不懂体贴，他觉得你不会体谅。说来说去都是心伤。

你跟他说，我们见爸妈吧。这么多年的感情，也许有了质的飞跃，我们还能碰出新的火花。

他支支吾吾，给不了回答。他说时机不成熟，他还没做好这一切的计划。

你问他，什么时候才会有回答？他说，慢慢来吧，慢慢来吧。

No.2

你找了新的对象。除了性别，他哪儿也不像他。可他懂得体贴，条件也是随时能嫁。

在一起的那天，你在闺蜜面前哭得稀里哗啦。

你说，你不知道为什么会这样。真的是自己太贪心，等不起他了吗？双鱼座的自己居然可以不要爱情只要婚姻？这真是不科学。

不是你等不起他，是你不想让你们毫无进展的爱情慢慢消耗你的青春。闺蜜一字一句，面无表情。

爱情啊，有时候和学习是一样一样的。记得小时候你在班上总考第三名，那时候你每次拿到成绩单都满满底气，直到有一次老师把你叫到办公室，说如果你一直满足于现状，那没有进步就等同于退步。

一个人如果一直在原地踏步，那他肯定过不上想要的生活吧？一段感情如果一直止步不前，那总有一天你会失望吧？

一个快要跨过二十五岁这个分水岭的你，可能真的开始思考现实了吧。你说你不能再像少年时一样去恋爱，那样不计后果，那样奋不顾身。

从成年起，就开始有人告诉我们，长大了的爱情和年少时的两小无猜不一样，婚姻的建立和爱不爱的关系也不大。

那时候我们不相信啊，总觉得和一个不相爱的人在一起和单身没什么两样。

好像没有爱情的婚姻除了凑合，百无一用。

直到走过爱情，走到尴尬的年纪，你忽然意识到：玻璃珠子般的爱情在现实面前会被打碎得只剩渣。

No.3

想起了周冬雨出演的《同桌的你》。周小栀和林一的爱情像极了每一个人的青春。纯纯的爱情似乎昭示着美好的未来。

可剧终的时候，当教父问周小栀“你愿意嫁给他吗”时，面对面前这个什么都有，就是没有爱的对象，编剧很人性化地制造了一幕林一抢亲的画面，我记得那时候电影院里所有人都心潮澎湃，好像此时此刻不需要谈什么婚约道德，大家都只希望有情人终成眷属。

那时候的你还攥着他的手，和所有观众一样紧张，想着周小栀会不会为了林一逃婚，他们最后会不会在一起。

你还记得林一拉着周小栀逃离教堂的时候，他轻声在你耳边说："如果有一天你要嫁给别人，我也会如此。"

你没作声，不经意间偷偷抹了眼泪。

可谁知道编剧跟观众开了那么大一个玩笑。当林一带着周小栀跑出教堂，关上大门的那一刹那。所有幻想戛然而止。

周小栀依然面对着教父，未婚夫一脸紧张地等着她的答案。

最后，林一没有带走周小栀，未婚夫也如愿听见了小栀说"我愿意"。观众失望至极，却不得不承认，一切都在情理之中。

电影结束之后，豆瓣里有一个这样的影评："结尾，周小栀婚礼的时候，身后的伴娘穿的都是高跟鞋而她穿了平底鞋，其实她为跟你逃婚做足了准备，可惜你没带她走。"

下面的评论里众说纷纭，有人表示心疼周小栀，也有人说，他们败给的不是现实，是懦弱。

其实，随着年纪慢慢长大，每个人心里都住着两个自我。一个是真实的自己，一个是现实的自己。

林一的幻想是那个真实的自己，而最终按兵不动的他，才是现实的自己。

他知道，他也许能给周小栀一时的幸福，可他给不了她一世安稳。他害怕，最后他们的幸福也会在为了柴米油盐的争吵中慢慢消失。

有时候啊，最难过的现实莫过于，他还来不及功成名就，可她已经要嫁为人妇。

他给她最后的爱，就是看着她获得幸福。

No.4

你发消息告诉他，你可能快要结婚了。你也不知道为什么会鬼使神差地这样做。

过了很久，你收到了他的回复：今后的你不再颠沛流离，有人疼爱。祝幸福。

看完这几个字，你豆大的泪珠打湿了手机屏幕。曾经你以为这辈子唯一能给你幸福的人，如今却成了祝你幸福的人。多么讽刺！

你没有再回他的消息。也没有假装坚强地请他来参加婚礼。因为，最后的最后，即使周小栀穿了平底鞋，林一也没带她走；最后的最后，即使你还心存一丁点念想，他也没拉住你，叫你别走。

胡杏儿和黄宗泽分手时说，年少时轰轰烈烈爱过的人，最终大多数都不能一直走下去，最终还是要找到细水长流过日子的那个人。

爱情大概就是，把最好的年华给了你，受了伤后也绝口不提往事，大步去寻找新的生活。

是啊，敬现实一杯酒，从此不再迷茫，感谢他给过的曾经，从此我们各自安好，不再彷徨。心存感激，如若若干年后再见，即使风华不再，青丝变白发，你我仍记得年少时最美的模样。

你再穷点，
我们可能就会在一起了

“爱情啊，根本没有你们想的那么简单。”莎莎坐在床上低声说，说完她笑了一下，掉了滴眼泪，透明的。

莎莎是我的大学同学，是一个穷姑娘。我还记得开学第一天见到她的时候，她在床边坐着，穿着一双洗得发黄的白色帆布鞋、一条老土的黑色运动裤，和同样泛黄的白色上衣。我从下到上打量着她，直到看到她的脸的时候，我愣住了。

莎莎长得是真美，是那种不食人间烟火的美，她熠熠生辉的脸似乎掩盖了所有的不美好。在认识莎莎之后，我才明白，这世上啊，真的有人是美而不自知的。

莎莎和我遇见的所有姑娘都不一样，我所遇见的姑娘们，都是小有姿色或者根本就没有姿色的。

她们用名贵的化妆品一层一层地装饰，然后变成大同小异的脸，再自信地趾高气扬。

而莎莎不，她是真不觉得自己漂亮，她说她自己顶多算不丑，但却是真的穷。穷这个字，发音就带着轻蔑。莎莎摘不掉它，只能接受。也许这个接受是经历了很多个痛哭的不眠长夜，或是数不完兼职的疲惫，又或是别人有意无意地伤害。总之，莎莎靠着兼职，渐渐地也能将自己的生活水平提高到大家的平均水平了。

日子好了，爱情也就来了。一直以来追莎莎的人就不少，他们像是前仆后继的勇者，从未间断。可是莎莎从不动心，她总说自己连温饱问题都还没解决好，谈什么恋爱啊。

可是这回，她动心了。

有幸被莎莎青睐的是个长相干净的男生，他从上学期开始就和莎莎一起打工，总是抢着帮莎莎干活，送莎莎回宿舍，偶尔送个小礼物。舍友们打趣莎莎说，这个男生也许和莎莎一样，也不富裕，两个人可以一起打拼啊。可莎莎知道，这个男生和她不一样，他不穷。他穿的衣服，他用的东西，每一样都是她说不上的牌子。可任谁都一样，遇到真心诚意对你好的人，都想着试一试，赌一把。

于是莎莎谈恋爱了。她开始打扮了，她会偶尔让我陪她逛一逛街，去地摊上淘一淘漂亮的衣服。出门约会前，也会用心画个眉毛。她的爱情全部写在了她漂亮的脸上。

可是好景不长。很快莎莎就变了，她开始找更多的兼职，拼命地赚钱。家教、发传单……她像个陀螺一样，只有偶尔才会为爱情停一停。

大家都很不解，谈恋爱了不是应该轻松些了吗？可莎莎跟我说，她不想花男朋友的钱，她不想依靠男人而活，她说爱情是平等的，这个平等尤其体现在金钱上。可为了平等，莎莎却越来越不快乐。她坚持每一餐都和男朋友 AA 制，可是平价餐厅还可以接受，偶尔男生带她去高级餐厅，她就要给男生打一个欠条，说下个月还。

男生送给她的礼物，她第一个反应不是开心，而是问价钱。“贵吗？多少钱？”一百块钱以内的她勉强接受，一百块钱以上的她就要求男生去退了。男生很生气，他觉得真的没必要分得那么清楚，“我爱你才想为你花钱，我的就是你的啊！”可莎莎坚持。

后来男生为了给莎莎减轻负担，两个人一直吃路边摊，也再没送过莎莎昂贵的礼物。

可是在爱情里，不应该有迁就。矛盾在每一次的迁就中滋生，发芽，等待爆发。

爆发的那天是圣诞节，男生带莎莎去了西餐厅，去之前，男生不断恳求莎莎这顿饭让他来请。莎莎破天荒地同意了。男生很高兴，他点了很贵的牛排，还开了昂贵的红酒。结账时，听到服务员的报价后，莎莎惊了。那是莎莎一个月的生活费，她的不安再次作祟。她小心翼翼地问男生："不 AA 制，那我们四六分好吗？"

后来莎莎回到宿舍后大哭，她分手了。我们都不理解她，认为她太作，哪有人拒绝别人对自己好的啊。可是莎莎一边哭一边说："你们不懂。你们不会懂，我第一次坐他的车，不会系安全带的样子有多狼狈。你们不会懂，他带我去逛街，店里服务员看我的表情。你们更不会懂，在西餐厅小心翼翼地怕出错的尴尬……"

她一口气说出了她所有的委屈，也许那些委屈在别人眼里都不算委屈。她说她啊，穷得只剩下自尊了。

后来，莎莎再也没谈过恋爱，她顶着一张漂亮的脸拼命赚钱，她说等她赚够钱了，才有资格谈恋爱。

我不太懂什么是谈恋爱的资格，我看见的穷姑娘的爱情有很多。

小梦不是我的朋友，可圈子里流传着很多她的事迹。仗着长得漂亮，和很多有钱人谈过恋爱。她借别人的手买来了很多普通人遥不可及的奢侈品。她穿着它们招摇过市，用来做钓下一个有钱人的诱饵。她倚在一个个铜臭的臂膀上，吸取着“养料”，她像一只水蛭，更像一个吸血鬼。她越来越贪婪，她的风尘气越来越重，她的眼神暗淡无光，没有生气，只有看见奢侈品时才会发出短暂的光芒。她变得俗不可耐，变成了电影里典型的堕落少女。朋友们谈到小梦的时候，眼神里都带着鄙夷，小梦变成了女生们茶余饭后的谈资。

前两天看到她的朋友圈，九张图片里有五张是奢侈品，四张是她的脸。那是张精致的脸，妆化得无可挑剔，我不能不夸她美，可是我又夸不出口，我怕一出口，就对不起莎莎。

这世界上有太多的穷姑娘，她们像青苔一样成长在阴暗的角落里。不同的是，有的长错方向，变成了杂草；有的向着太阳，变成了玫瑰。大多数穷姑娘对于爱情，惧怕多于期待，她们总想着变得更好一点，再好一点，这样就不会因为贫穷而在爱情面前抬不起头。相反的是，她们能凭借自己的能力在爱情里享受难得的平等。

希望所有的穷姑娘折服于爱情的时候，只因为那是爱情，不是因为家世，更不是因为金钱。

你所羡慕的爱情，
成长在最黯然失色的时光中

我曾经在姑苏河畔体会过暮鼓晨钟，也曾在西非大地见过长河落日，又曾在土耳其的信仰晨光中看过清真寺，因为工作和爱情的原因，比同龄人可能略多地体会到生活的些许不同。因此，期间听过不少的故事，而爱情总是个不朽的话题。

很多时候，我们都在等待爱情的降临。巴不得丘比特之神的那一支箭不偏不倚地找到你，让你和过去握手言和，你只要坐享其成，便能等来爱情。不好意思，我只能把这个梦的泡沫吹破，如此“守株待兔”，爱情也迟早会撞到树上。

曾经有位女性朋友木子说：“真羡慕你们，无论是异地求学，还是一起工作，都能够两情相悦。”对于木子的这种评价，我往往不知道该如何回答，只能哑然失笑。我和木子的关系很好，但是在价值观上却又有出入，大概这就是和而不同吧。

木子曾经有一个谈了四年的男朋友，毕业之后，男朋友去西北工作，婚事因此被搁置。木子家境优越，父母从商，唯有一女，一直希望女儿能够嫁给家境殷实的书香家庭。木子与男友的分开也成为理所当然的事情，这并不违背现代社会的普遍认知水平。哪个女孩的父母不希望自己的孩子有一个才德兼备的归宿？木子认同并听从了父母的建议，同时选择再读一个学位，顺便疗一下情伤。

我便是这个时候与木子认识的，她那时正在经历父母给安排的很多场相亲。木子是典型的江南女子，虽然学业资质不高，也没什么上进心，但相貌端庄，每一轮相亲，木子基本上都是主宰者。但她经常忧郁地和我说，即使和男朋友分开那么久，也总是能够想起他们背靠背坐在一棵银杏树下的时光，现在的相亲总是让她觉得缺了点儿什么。我说：“若是一直放不下，不如给他些时间，等他回来。再不成你就去西北赴他的约，大漠长河落日圆，多好啊。”可木子笑着说：

“你傻啊，那些情怀可不是我们这个年龄段的女生该有的，我们总归要找个能托付终身的人嫁了，这就是现实。”

我只能说这是可笑的现实，是不懈一击的现实。我真想告诉木子，去个西北嘛，没那么难，一张卧铺票而已。但我能料想到木子的回答。的确，你没办法告诉一个想要守株待兔的人，兔子不会那么巧再撞到树上了，除非等到天荒地老，不然她又怎会回头。

直到她碰见了江，江是木子父母朋友家的儿子，其父母是老师，江又是名牌大学毕业的硕士，这个人再合适不过了。木子没有主见，再加上有点儿小虚荣，很快他们就确定了恋爱关系。再后来，就顺理成章地领证了。为了庆祝她脱单，我们举行了小聚会，小姐妹喝喝酒，聊聊天。木子不胜酒力，喝完了就哭得一塌糊涂，委实让我们吃了一惊。她说：“我并不喜欢他，一点都不喜欢，可是他真的是很适合结婚的对象，至少我爸妈这样认为。我领证的时候并没有觉得自己很幸福，确切地说只觉得这事和我相关而已。”她说完就跑到厕所里吐酒，我拍打着她的后背，忽然觉得很悲哀。

后来，木子和江确实没有很好地相处下去就离婚了，而且木子陷入了长期的婚姻财产分割案中，痛苦万分。直至今年才摆脱了婚姻的枷锁，然后她斩钉截铁地告诉我，这次她一定不再听从父母的安排，直至自己找到真爱。我只能祝福，可令我感觉遗憾的是木子从一个认识的极端到了另一个极端。

所谓真爱来自一见钟情的真的比较少，长期的相处与平等的沟通，彼此的付出与无私的帮助才是真爱的基础。木子的问题在于：她想以什么样的方式获得爱情？既希望自己的另一半元论是学识还是家世都无可挑剔，又希望此人是自己命中注定的真爱。这种一步到位的婚姻不能说没有，只能说很少，又或者是姑娘自身条件就非常优秀，而往往这种女孩子又不太希望把自己的一生压倒性地寄托到伴侣身上。

关于木子常说的，很羡慕我和我先生从爱情到婚姻这样顺水推舟，没有利益的掺杂，没有道德的评判，没有时间的约束。但我想说的是，你所看到的我们的现在，也是大部分人看到的情景，顺遂、平静。那是因为你没有看到过程，只看到结果。我们曾经异国求学，彼此等待，他在国外餐馆刷过盘子，我在国内最多的时候做三份工作补贴用度，即使是在最无力的时候也互相支持；毕业后我们翻山越岭，在陌生的雨林里考察，既是同事也是亲人；我们在深夜里开着越野车从伸手不见五指的丛林归来……你没有经历过这些磨砺，自然就会认为是理所当然。

像木子一样对门户观念本身很认可，却又期待刚好碰到一个“王子”的姑娘不在少数。那么我想问一句的是：“你想以什么方式得到爱情？”等待或是偶遇，不得不说“守株待兔”的概率很小。为什么徐志摩的诗歌总让人记忆悠长，因为大家都记得他是在去听林徽因举办的“中国建筑艺术”讲座的路上，飞机失事而去世的。为什么钱锺书称“杨绛是最贤的妻，最才的女”，这背后的义无反顾也不是寻常人能为之事。

所以，对于爱情，你以什么样的方式得到，自然就以什么样的方式失去。越是轻而易举，越是“彩云易散琉璃脆”。当我回国转机，与先生去朋友家小聚，看着朋友在魔都自信并且忙碌地经营着自己的生活和爱情时，非常欣赏，觉得这才是面对生活应该有的态度。

姑娘，在苛刻地制定你的择偶标准的同时，不妨尝试一下承担、陪伴和努力，不要等待别人的安排，扪心自问你接得住上天给你的所有爱情吗？因为你所羡慕的精彩，往往是在你认为最黯然失色的时光中成长起来的。

愿今后只有相爱，没有相杀

前阵子晚上失眠，刷微博的时候，看见一个博主说：好像现在甜蜜的情侣没几对，反而爱无能和想要孤独终老的人越来越多了。我好奇地点开评论，洋洋洒洒的几百条，竟然都是不同形式的附和，一条一条看下来，我的心也开始慢慢跟着疼。

我记得热门评论中有一个人说：我不是不想谈恋爱，只是不想再受伤了，也不想再感受一段恋情慢慢冷却的过程，更不想看见曾经相爱的人变得面目可憎，反目成仇。

我发现的确是这样，很多人都年纪轻轻，却只因为一次或几次恋爱就变得伤痕累累，对爱情丧失了信心。爱之于他们，变成了容易触电的把手，远远看见都想逃跑。而究其原因，大多都是因为上一段恋爱耗费了他们太多的心力，消费了他们对爱情的憧憬，透支了他们对恋人的信任，才会导致不想谈恋爱，心有余而爱不足。

果然人啊，都是“一朝被蛇咬，十年怕井绳”的动物，被伤害过一次之后，真的就很难掏出真心再赠予别人了吧。

我有一个很好的哥们，上个月分手了，而我也目睹了他和他女友从相恋到分开的全部过程。

怎么说呢，我曾经是真的认为他俩是可以牵着手走到最后的。那时他们真的很相爱，两个人刚刚毕业，一起住在小房子里，天晴时一起洗衣服，下雨时就煮一大锅火锅，每个周末还一起大扫除。

放假的时候，还总会邀请三五好友去他家一起看电影。小小的房子里，几个人东倒西歪地躺在沙发上，有的人喝酒，有的人吃零食，四周很暗，只有屏幕上微亮的光，墙上他俩互相依偎着的剪影，眯着眼看过去，像一幅温暖的画。

谁都没有想到，幸福消失得那么突然，昨天还一起牵着手散步的恋人，今天就变得针锋相对，互不妥协。吵架吵得最凶的时候，女生拿着刀抵过男生的脖子，男生也将送给女生的戒指冲进了马桶。曾经温馨的屋子里遍地狼藉，两个人一南一北，划了看不见的“楚河汉界”。

他们也无数次和好过，但往往会被更大的争吵冲毁。两个人都舍不得将几年的感情毁于一旦，于是互相消磨着彼此的耐心，不磨出血来不放手。

而终于等来的分开，也分得很难看，两个人全都身心俱疲，望着彼此的眼神也都不再有一点怜悯。

我哥们后来跟我说，他的这段恋爱很像一场漫长的杀戮，当初彼此越爱对方，后来的刀子就捅得越狠。可能这就是大家所说的，当你爱上一个人的时候，你同时也赋予了他（她）伤害你的权利。

可能年少的时候，大家都渴望能有一段轰轰烈烈的爱情，最好能像琼瑶剧一样，有一个势均力敌的对手，彼此借着对方的爱意大展身手，见招拆招，毫不退让，毫不妥协。可慢慢地大家就会发现，比起互相揭开彼此的伤疤撒盐，我们宁愿俗气地相爱一生，平凡到老，踏踏实实地做彼此的软肋。

因为我们真的怕了也怂了。我们不愿意再经历一次从爱意到恨意的转折，也不愿意再被最爱的人伤害了。那种感觉真的会让人灰心丧气，觉得人生无望，再也爱不起任何人了。

我们只想要一个同样温软的爱人，两个人都能为彼此的底线让步，也都默契地不触碰对方的伤口，即使吵了架也能当天晚上就拥抱和好，绝不让对方伤心超过一夜。

我们愿意和这样的人永远和气，永远相爱。

Chapter

04

低卡物欲 or 半糖主义

对爱情多失望，
都不要草率地结婚

我刚失恋的时候，试过用很多办法走出前任的阴影，都光荣地失败了。

想他想得难过的时候，做过很多疯狂的事情，比如，和闺蜜凌晨两点飙车去天津看摩天轮，和朋友去夜店喝酒，把自己灌得跪在地上抱着马桶边吐边哭，大家拽都拽不起来，酒水、眼泪、胃液混合在一起，要多狼狈就有多狼狈。

身为一个不苟言笑的高冷女，干了很多有反常态的事：喝多了站在夜店的吧台上当着很多客人的面，疯狂地跳舞，闺蜜上去拽了两次都没拽下来；睡不着的夜里，开车在外环一圈接一圈地绕；好几次大半夜跑到前任家门口，拍了张他们家大门的照片发给他，就走了。

走在街上看谁都像他，又看谁都不像他。

看《失恋 33 天》，黄小仙追着前男友的车狂跑，被王小贱拦住狠狠地甩了一巴掌问“醒了吗”的时候很想哭，那个状态和我太像了，很多时候，我都希望我发疯的时候，有人站出来，甩自己一巴掌，问我：“醒了吗？”

这种状态持续了一年，只要他一出现在我的生活中，我的生活就开始兵荒马乱，全部乱了方寸，之前好不容易恢复的淡定自若，瞬间土崩瓦解，功亏一篑。有些人，就像南半球的蝴蝶，震一震翅膀，都能引起北半球的一场海啸。

那段时间，突然有一种闪婚的念头，想停止这种折磨人的状态。爱一个人太累了，想到以后还要继续再恋爱，再受挫，就感到害怕，不如直接找一个人过简单的日子，一起熬粥煮菜，上班下班。自从我有这种想法以后，连一直催我结婚的家人都打电话过来劝我：“你千万不要一时冲动，你不是这种性格的人，你将就不了的。”

我的一个哥们打电话过来很严肃地劝我：“再难过，都不能闪婚，结婚不可怕，但想结婚很可怕，当你有了这种念头，你就会委曲求全，降低自己的要求。”

我记得有次喝多了打车，在车上和师傅聊天，说到闪婚的问题，师傅作为一个过来人，他说了一句特别有道理的话，虽然没有朋友那句“结婚不可怕，但想结婚很可怕”有内涵，但却通俗易懂，师傅是这么说的：“感情的事，一定不要着急，因为你一急就容易看错人。”应该是那一瞬间，我彻底清醒了，没有了闪婚的冲动。

生活就像一场旅行，有时会深陷沼泽，但我们终将上岸。

当我们心态出现问题的时候，做的 80% 的决定，在清醒过来时都会后悔。失恋时抓住的救命稻草，很多时候都是从一个火坑跳到了另一个火坑，人在清醒时都未必能爱对人，低落暴躁时爱上的人可能更糟糕。爱错一个人大不了重新再来，但嫁错一个人，不是轻易就可以重新再来的。

司机师傅和他前女友就是一个例子，两个人在谈了五年后分手，前女友为了赌气，两个月后闪婚，又很快在一个月后闪离，原本糟糕的生活，变得更加糟糕。结婚，从来就不是拯救爱情的途径。特别是在这个没有耐心的时代，身边很多 90 后已经二婚了，现在的人感情出现了问题，大多数采取的办法不是磨合而是换人，离婚率高涨，如果遇不到对的人，即使结婚了，一样会离婚。

不要觉得你有那个狗屎运，一时冲动，慌乱中抓住的人，就能和你磕磕绊绊却相安无事地过完一生，这种概率太低了。

爱情有时候的确会让我们陷入绝望，但感情的事，顺其自然的结果通常都好过病急乱投医。所以不论对爱情多失望，都不要草率地结婚。

我是喜欢你，可我不傻

“你有没有过喜欢上一个人最后却放弃的经历？”

坐在我面前的柚子，眼神灰暗，表情认真地问。

我仔细思考了一下柚子的问题，笑着点了点头。

“那就好，那你肯定懂我的感受。”柚子叹了口气，开始讲起她的爱情故事。

柚子是在一个单身聚会上遇到的西瓜先生。当时西瓜先生在舞池里跳舞，舞池里那么多人，柚子一眼就看见了正在扭动的西瓜先生，像是冥冥中注定。

柚子看着他发光的面庞，告诉自己：自己的意中人，那个盖世英雄，终于跳着舞来了。

柚子想尽办法跟西瓜先生套近乎。她在舞池里故意扭着屁股蹭到他旁边，跟他斗舞；斗舞期间为了“放电”，把自己眼睛都快眨瞎了；在西瓜先生终于请她喝饮料的时候，她假装丢了手机，用他手机给自己打电话，结果听见手机在自己兜里大声唱歌……

总之为了认识西瓜先生，柚子洋相百出，丢尽了脸面。

她顺理成章地加了西瓜先生的微信，在认真地研读了他所有的朋友圈，记下了他所有的喜好之后，柚子主动出击了。

除了每天说早午晚安，柚子费尽脑筋制造话题和西瓜先生聊，甚至为了他还特意关注体育新闻。你别说，还真有进展。

西瓜先生开始跟柚子分享心事。而这个心事居然关于另一个女生。

原来西瓜先生和柚子一样，爱而不得。不过和柚子不同的是，那个女生有男朋友。

知道这个消息之后，柚子放心了。开始认真地帮西瓜先生忘了那个女生，方法是，他们试一试。

试一试的意思不是恋爱，也不是恋爱之前的暧昧，那是什么呢？他们也不知道。

两个人开始约会，吃饭、看电影、逛街……他们做了所有情侣都会做的事，除了睡觉。

可是成效一般。西瓜先生总是心不在焉，频频看自己的手机，就为了看一看那个女生发没发动态。

柚子遇见的盖世英雄原来是个痴情种。

不过柚子并没有泄气，她依然相信他们之间有可能。

直到那天。

那天，他们约好了一起看午夜电影。谈过恋爱的人都明白这意味着什么，意味着可能他们会一起睡。

在影院里，气氛暧昧极了，空气甜得发腻。他们接了吻，那是一个绵长而细腻的吻，在柚子心里炸开了花。

柚子看着黑暗里西瓜先生的脸，动情地问他，你有没有一点喜欢我？西瓜先生点了头。

真好啊，柚子开心极了，她以为她明天和西瓜先生将不再是“试一试”的关系，而是恋爱了。

一切都那么美好，如果没有那通电话。

没错，那个女生给西瓜先生打电话了，她跟他说她分手了。

“你不知道，他当时的表情有多么欢呼雀跃，他高兴得都忘了我还在他身边了。”柚子对我苦笑了一下。

可是故事还没结束，西瓜先生并没有如他所想的当上正牌男友，而是做了女生的备胎。于是柚子也成了西瓜先生的备胎。

他还是会跟柚子说自己的痛苦，还是会偶尔约柚子出去，这让柚子觉得很可笑。

柚子明确告诉他，她不是他情绪的垃圾桶，不负责安慰。也明确告诉他，他们之间，再也不可能了。

“为什么？”我问柚子。

“因为，我虽然喜欢他，可我不傻啊。”

我点了点头，觉得很有道理。

不过我身边的傻姑娘还少吗？就连我自己也傻过。

我曾经喜欢过一个有女朋友的人，明知道那样不对，可我还是忍不住找他聊天。

天气、新闻、笑话……我每天变着花样给他讲。可是基本上都是我说几十句，他回一个“哦”，但是我乐此不疲。

要不是最后他把我拉黑了，我恐怕到现在还在捧着手机等他的“哦”呢。

你觉得我够傻吗？可我朋友比我还傻，她甘愿当一个男生的备胎三年，什么都不图，只图那点微薄的爱。

男生没钱了，她把自己的工资卡给他；男生想要什么东西，她可以几个月不买衣服和化妆品，然后攒钱买给他。最傻的是，她居然借给他钱让他和别的女生结婚。

我们拼命地骂她，想要把她骂醒，可是我们怎么可能叫醒一个装睡的人呢。

你看，在爱情里，从来就没有最傻，只有更傻。

可是我啊，还是希望所有的女生都冰雪聪明，我们在爱一个人的时候，不会被骗，不会受伤，不用栽跟头。

就算遇见了坏男人，我们也可以潇洒地抽身，再云淡风轻地说一句：

我是喜欢你，可我不傻。

你是爱情里的女仆
还是女王？

念大学时，班上有两对同学同时谈恋爱，这两对的恋爱人气超过了其他话题，竟成了整幢楼讨论最激烈的话题。

倒不是因为他们的恋情有多么曲折离奇，也不是因为他们是校花校草级人物。只是因为这两对的恋情反差实在是太大了，尤其是这两个女孩还住在一个寝室里。

晓誉喜欢上了同班一个叫顾寒的高高帅帅的男生，每天她都会为顾寒送早餐、占位置、打水，我们能想到的她都做了，我们想不到的她也做了，那叫一个无微不至。

起初有人问顾寒，晓誉是不是他的女朋友，顾寒笑着打哈哈："应该叫女性朋友更贴切吧！"之后顾寒谈了几次恋爱，其间被一个女生狠狠伤了，而晓誉自始至终都陪在他身边，一如既往地对他好。最后，顾寒痛定思痛，觉得还是晓誉最爱他。

于是，晓誉守得云开见月明，终于正式成了顾寒的女朋友。

而另一个同学晓佳的恋情正好相反。她的男朋友属于"二十四孝好男友"，每天早上给她送早饭，而且送得不满意，她还未必吃；平时也是送水果零食，打水买饭，鞍前马后，随传随到。最重要的是，这男生自己的生活极其简朴，却对晓佳无比大方。

我们寝室自然也免不了会议论，室友把她俩称为"女王"与"女仆"。

但再愿意奉献的姑娘，心里也有个公主梦，所以晓誉和顾寒吵架了，据说晓誉希望顾寒也能为她送两次早饭，好让别人知道她也是有人疼的。

但顾寒不答应，以早上起不来为由拒绝了她。晓誉退而求其次，说送中饭、午饭都可以，但顾寒还是拒绝了，理由是："大丈夫顶天立地，给女人送饭算怎么回事？"两人冷战了一星期，最后还是晓誉妥协了，继续过着给顾寒打水送饭的日子。

室友叹息地说："一日为仆，终身为奴啊，翻不了身了。"

据说两人后来结婚了，婚后生活如何就不得而知了。

但是前两天，我从另外一位朋友身上看到了这种结合后的生活。

当当是我所有闺密里最毒舌的一个，她不但对别人毒舌，对我也一样，有时候想让她安慰两句，她的话能戳得我心窝子滴血，但是她却能经常妙语连珠，所以我对她是又爱又恨。

前天她约我逛街，带了一个朋友过来，那位朋友很是殷勤，自告奋勇地跑去给我们买水，当当看着她摇头说："改不了这奴性了。"

我瞪了她一眼，人家好心好意去买水，怎么这样说。当当大着嗓门说："我这是替她着急，要是现在她指挥我去买水，我会觉得比较欣慰。"

之后，当当把她的来意简单跟我说了一下。这位朋友在家里极其没地位，夫妻关系似主仆关系，她为"主人"任劳任怨地做任何事情，"主人"的一次皱眉都会使她紧张不已，思索自己何处出错，想方设法牢记“主人”的喜好，千方百计猜测“主人”的心思。

但女仆也有逆袭的欲望，看到别人过得舒服惬意，很是羡慕，听说我俩的先生对我们很是娇宠，所以决定要多接触像我们一样的人。

我很惶恐，觉得每个人都有自己的相处模式，盲目模仿也许会起反作用。

我们逛街的时候，她看中了一条真丝连衣裙，看了看标牌又放下了，当当扯过来一看：“不是很贵啊，买下！”

她犹豫地说：“我老公肯定会说的，而且穿着真丝裙也不好做家务。”

当当郁闷地说：“你忘记你是来干什么的了吗？你怕他干什么？你又不是不赚钱，喜欢就买，衣服这种东西就是要及时买，等你六十岁买了也没现在的皮肤和身材了。”

也许是女人天性爱美，也许是当当的怂恿，她不但买下了这条裙子，还买了不少其他东西。临分手的时候，她高兴地跟我们说：“很久没觉得这么开心了，我要像你们这样，对自己好一点。”

当当鼓励她："这就对了，别把自己整得跟个女仆似的。"

我望着她远去的背影，想象着她回家后的情景，后来事多，我就忘记了这件事。一个星期后，我约当当见面，当当突然想起了她，打电话问她要不要一起出来。

挂了电话，当当垮着脸跟我说："她说不来了，也不想着翻身了，上次买回去的衣服，都被她老公剪了，问她一把年纪打算穿给谁看。"

我惊讶地问："这么过分？"

当当一针见血地说："做惯了女仆，别人早就当你是女仆了，你突然提出来要当女王，谁能答应啊？但如果你真要当女王，也没人阻止得了，女人啊！什么样的地位都是自己造成的。"

所以，聪明的姑娘，在一开始就要清楚地给自己定位，否则后面很难扭转。我们不需要做女王，但也不要做女仆，偶尔想受一下虐也行，但不能受一辈子虐不是吗？我们只要正正常常地做个有人疼的小女人就行。

—

千万不要翻
男朋友的手机

—

这是第五十二个夜里，我趁我的男朋友沉睡时，摸出他的手机，打开他的所有社交软件，开始一个一个地侦查。

首先从通话记录开始，除了我，还有同事、朋友、家人以及快递员和外卖员，嗯，没有不妥。然后是短信，只比昨天多了两条，一条是移动公司发来的，另一条是我问他几点下班，嗯，没有不妥。最后是微信，我的头像在最上面，剩下的依次是男性朋友约他周末看球、中年女上司交代工作、中午讨论吃什么的群组，嗯，没有不妥。我退出微信，将页面一个一个关闭，放回原处，蹑手蹑脚地钻进被窝。

并不是我不相信我的男朋友，只是我对他的生活太好奇了，我觉得这么做没有什么不对。

第二天早上八点，他准时醒来，洗脸刷牙上厕所。八点五十，他准时端出烤好的吐司、蓝莓果酱，以及牛奶。

起床了，他抚摸我的额头，亲吻我。我其实早就醒了，但我不能露出破绽。我装作才睡醒的样子，眯着眼睛，一副慵懒的姿态，我知道一天中他最喜欢我这个样子了，果然，他迫不及待地亲吻我。

吃完早餐后，九点半他准时出门，坐半个小时公交车去上班。

而我，是一个自由撰稿人。整天理直气壮地窝在家里，每个月收入惨淡，大多时候还需要我的男朋友救济。但这算不了什么，他说过，他就喜欢我这种不和其他女生一样每天挤公交上班的高贵艺术气质。

这么说来，我的男朋友算是好的了。他身高一米八，长相耐看，待人有礼。如果非要说缺点，也不是没有，他有些老实、有些木讷、有些不懂浪漫。可即使是这样，我的朋友们也说我是中了彩票，钓到了好男人，让我看住他，以免被别有用心的女人抢走。

起初，我不以为意。因为我相信我的男朋友是爱我的，而且我也并不相信，会有别有用心的女人喜欢老实、木讷、呆板的他，因为他在大多数女人眼里，估计也只是勉勉强强而已。

可是我错了。一个周末的夜里，我很清楚是周末，因为那是我们固定亲热的日子。他洗澡的时候，我在看电视。这时，他的手机响了。起初，我并不在意，可是，手机响声有些频繁，这激起了我的好奇心。我拿起他的手机，有些暗的屏幕上，是五条未读的微信消息。它们依次是：

在吗？

昨天你的工作报告说得真是太好了！

明天可以一起吃午饭吗？我知道一家新开的日式料理不错。

你为什么不回我呢？

是不是嫌我烦……

我气急败坏地打开他俩的对话框，不停地往上拉，想要翻出他背叛我的证据，可是之前他除了礼貌的回复外，并无逾越之处。我把这件事讲给我的朋友们听，收到了一堆警告。

“早就让你看紧点你不听，现在有苍蝇了吧。”

“可是我的男朋友并没有给她幻想啊！”

“这不可能，一定是你没发现！”

我想了想，觉得朋友的话是对的。毕竟我的男朋友又不是富二代，不然怎么可能只是对一个女人礼貌就会换回好感和讨好呢？

于是我查他的手机，从一开始的几天一次，到现在的一天一次，这变成了我每日必须要做的事。我写不下去稿子，脑子里只有我的男朋友和一个陌生女人在一起的画面。

可是在那之后，我并没有发现什么不妥，那个女人还是会隔几天跟他说话，有时候是两天，有时候是三天，可我的男朋友只是礼貌地回复，而且是那个女人发五条，他回复一条。

“他在欲擒故纵。”我的朋友们笃定地告诉我。

我想也是。真想不到他那么木讷的人也学会了这招。

我假装漫不经心地问他公司有几个女同事，他对她们的印象。他有些惊讶，说什么时候我对这些事有兴趣了。我嘴上说人家想知道嘛，心里却在揣测他一定是开始紧张了

陆续从他的口中得知，他有四个女性同事，一个已婚，排除。一个长相丑陋，排除。剩下两个都年轻貌美，但一个默默无闻，一个盛气凌人。

“一定是那个盛气凌人的女人，只有那种女人才会这么不要脸！”

我想也是。可是他们迟迟没有进展，这让我有些焦虑，仿佛是我自己在杞人忧天、无理取闹一样。于是在某一个凌晨，我坐在我的男朋友身边，趁着他睡沉，替他回复了那个女人的消息。

那个女人说，晚安。

我回复，祝你好梦。然后删了我的消息记录。

第二天晚上，我打开消息记录，发现那个女人大概是受到了鼓舞，于是说了很多，可是我的男朋友却只是礼貌地回复了一条。我故伎重演，跟她聊了起来。

她说她的感情经历不顺，我便安慰她。她说她对于自己的身材有些自卑，我便夸赞她。她说到公司的事，我便义正词严地回复道：我们就不能谈谈私事吗？我对于这种角色扮演乐此不疲，每晚准时等我的男朋友睡熟，便开始跟那个女人聊天。完事后再删掉消息记录，这都要感谢他的消息记录太多，他并不会发现少了一个。而且那个女人跟他说话大多是深夜，而那时他早已睡熟。

这样的角色扮演游戏，持续了一段日子，我发现那个女人已经完全喜欢上我的男朋友了。我便装作漫不经心地问我的男朋友："有没有女同事喜欢你呀？"他总是抿着嘴回答："没有。"

嗬，果然在撒谎。谁知道在我看不见的公司里他们都干了什么。

怀疑和猜忌充斥着我的身心，我迫不及待想见到那个向我男朋友示好的女人。于是，某天深夜，我约了她。

是个风和日丽的午间，我躲在咖啡厅的角落，目睹了一个面容姣好的女人满怀期待地等待，她从窃喜到失望的每一个细节都被我牢牢看在眼里，我的虚荣心获得了极大的满足。

当天晚上，我的男朋友回家时没有吻我，他看我的眼神让我心虚，可是他什么都没说。凌晨当我再次打开他的微信时，我再也找不到那个女人的头像了。

直觉告诉我，他知道了。可是无论我怎么打探，他都不露一点口风。并且奇怪的是，我再也没在他手机里发现任何女人的信息，甚至连单身女同事的微信号，也全部不见踪影。

"他知道了你的举动，所以学乖了。"我的朋友老到地告诉我。

这让我感到欣慰，并且更坚定了我的男朋友是爱我的这个认知。为了奖赏他，我特意去买了件他喜欢的性感睡裙，又准备了烛光晚餐。果不其然，他很受用。我们度过了一个美好的晚上。

我将我吓退男朋友身边“野猫”的方法写成了文章，发到了微博，获得了有史以来最多的访问量，有很多女生纷纷为我点赞。不仅如此，我的编辑还让我详细写出这篇稿子，作为下期杂志的首推文。

因祸得福也不过如此。我开心极了，每天上午固定时间起床写稿子，进度飞快，我似乎已经看见了我的似锦前程。

事业的发展让我睡眠质量越来越好，我每天晚上十点睡觉，第二天早晨八点准时醒来。

一天夜里，我做了梦，梦到我的男朋友趁我睡着，正在查看我的手机。

迷糊中，我的眼前有微弱的光。

这让我清醒。

我眯着眼，很清楚地看见，我的男朋友，坐在我的身边，手里捧着我的手机。

爱不爱你，
从细节上就能一眼识破

女生很擅长在爱情中找细节来证明对方爱不爱自己，这是很多女生在爱情中犯的通病。其实我倒没有觉得这件事特别不对，因为很多时候细节是真的能看出很多东西。

一个人爱不爱你，并不是你坐在角落数玫瑰花瓣就能猜出来的，更不是你不断询问就能问出来的，而是你在油盐酱醋和鸡毛蒜皮的生活中慢慢体会到的。

桃子是我的邻居，我们一起长大。我们无话不谈，彼此从来都没有秘密，就算是在心思敏感的青春期，我们也没有秘密。她知道我所有喜欢过的人、暧昧过的人、交往过的人，我也知道她的。

即使上了大学之后，我和桃子各奔东西，但是无论多久没见，我们之间都没有距离感和陌生感，坐下来就能立刻聊各自的生活。

她是我为数不多的真心朋友，更是最了解我的知己。我们都依赖彼此，每当受了委屈和伤害的时候，总想第一个让对方知道。

大学刚开学不久，桃子就和她的同班同学谈起了恋爱。我还记得那天她给我打电话的时候，语气又轻快又雀跃，她俏皮地告诉我："你的好闺蜜可是脱单了哦，你也要加油呀。"

当时给我激动坏了，比自己谈恋爱还上心。我对男生的基本情况进行了一系列轰炸式的盘问，甚至还问了男生的星座。桃子笑得很大声，她说："你不是不信星座吗？怎么这会儿这么迷信。"我说："笨蛋，这可是你第一次谈恋爱，我得替你把好关才行。"

为了能进一步了解桃子的男朋友，我还特意坐火车去了桃子所在的城市。桃子带着他一起到火车站接我。他俩身高很搭，长相也很搭，真是珠联璧合的一对佳人。

男生很有礼貌，还主动帮我提行李。我揶揄他是靠什么不正当手段把我的小仙女掳走的，他笑笑不作声。一起吃饭的时候，他俩坐在我的对面，桃子不停地给男生夹菜，每夹一次，男生都会侧头跟桃子说谢谢。吃完饭，男生主动买了单，还和桃子一起把我送到了宾馆。

第二天，他俩陪我去了游乐场。在游乐场里，我和桃子玩得很疯，男生一直跟在我们身后，帮我们拿包，帮我们买水，帮我们拍照。全程下来，男生一个项目也没玩。要离开游乐场之前，我提议帮他俩拍一张照片，谁知道他俩扭扭捏捏的，过了好久才摆好造型。就是普通的情侣造型，男生把手放在了桃子的肩上。

我总共待了两天就回学校了，去火车站的时候，只有桃子一个人送我，她说男生今天有事来不了，我点点头。我抱了抱她，问她："你幸福吗？"她在我怀里点了点头，我没看见她的表情。

那之后，我和桃子就很少联系了，因为她要忙着谈恋爱，我也不好意思打扰她。

其实我总觉得她的男朋友没有那么爱她，因为他俩的相处模式很奇怪，有些过分的客气和疏离。但是我不敢问桃子，我怕她万一觉得幸福的话，我会破坏了这份幸福。

有一天晚上，桃子给我打电话，电话里的声音很明显刚哭过。我问她是不是和男朋友吵架了，她说不是。但是她总觉得她男朋友不爱她，以前倒也没觉得有什么不对，因为自己没谈过恋爱没有经验，可是和他谈恋爱时间越长，她就越觉得不对劲，她身边的人不是这么谈恋爱的啊。

她的室友每天都和男朋友打电话打到很晚，有的时候两个人还会为了谁多吃了一包薯片吵架。可是桃子从来都没和她的男朋友吵过架，因为她的男朋友什么事都做得很棒，什么时候都很有礼貌。她挑不出任何毛病，却也没有爱情的甜蜜。

桃子偶尔也想像室友一样作一作，可是室友的男朋友会哄她，而她的男朋友却只会道歉。他甚至都不知道，很多时候桃子发脾气只是想向他撒娇。

起初桃子还觉得他可能只是不解风情、不懂浪漫，可是直到有一天，桃子不小心进入了他的QQ空间，看到里面几百条说说全都是关于他的前女友。在上一段感情里，他会因为她一句想吃小龙虾，而半夜跑到很远的地方去买；他会因为她莫名其妙的生气而制造惊喜哄她，甚至还会为她做一个备忘录，里面记满了她的爱好。

桃子终于明白，不是他不懂桃子的撒娇，而是他不想懂，因为他根本就没有那么爱桃子。

其实女人的直觉很准，尤其体现在爱情上。

我之前谈过一段恋爱，尽管开始的时候，是男生先主动的，可是在一起之后，我明显地感受到他的漫不经心。

微信总是我说上半天他才回复，约会也总是我先约他，最让我难过的是每次打电话先挂电话的都是他。

有一次放暑假，我和他一个多月没见面了，平时也不太联系。我和几个朋友一起去了海边玩，我在沙滩上画了一个大大的心，里面写着我和他的名字，我拍了照片给他发过去，他没有回我。后来我和朋友去逛街，我一直在给他看礼物，最终想买一对镶着贝壳的手表。可是我不知道他会不会喜欢，于是就给他打了电话。

电话响了很久他才接，他的语气很不耐烦，他问我有事吗，没事他要打游戏了。我没敢耽搁，快速地问他“喜欢贝壳手表吗，我想买来当情侣物件”，他敷衍地“嗯”了一声。我问他看见我给他发的照片了吗，结果我说到一半他就把电话挂了。

我站在柜台前，尴尬地说完那句话，又假装回应说“看见了啊，那就好”，然后才放下手机，不好意思地对店员说“不好意思，我不要了”。

我没买那对手表，而是发信息和他分了手。

其实，很多女生能忍受男朋友的不浪漫，也能忍受男朋友的粗线条，但是这并不代表也能忍受男朋友的不爱。

没有人是傻子，更何况女生是一种很敏感的动物，爱不爱，从细节上一眼就能看得出。

—

你并不爱他，
你只是害怕一个人

—

前些时候写了篇《男孩失恋自救手册》，有个女孩跑来给我留言："为什么不写女孩失恋自救手册？失恋以后，女孩子才更需要自救吧。大多数男生，自我修复能力比女生强得多。"

她的言外之意，蕴藏着一个信息：女孩失恋或者女孩单身，承受着比男孩更大的情绪压力。

我不想否认这点，我觉得失恋的情绪里，每个人都一样，没有谁可以说你的痛苦比别人失恋的痛苦更多。但这女孩的想法里，潜意识里是把作为女孩的自己本能地放在了弱势的一方。其实，你可以变得强势起来的。

不知道从什么时候开始，“单身”“一个人”的意义变成了“恐怖”，变成了“洪水猛兽”，仿佛走在大街上都要被人戳脊梁骨，“快看快看，她是单身狗，汪汪汪”。

不知道是不是小时候童话看太多，我们都期待类似“长发公主”的故事。自己带着被禁锢的对爱的渴望，居住在高塔之上，某日遇到痞子气十足的帅哥，也可能是骑着白马的王子，身手矫健地把自己营救下来，“从此过着幸福快乐的生活”。

这样的故事看多了之后，好像觉得女孩的幸福天生就需要被“拯救”。换句话说，女孩的命运与幸福生活是依附于一个“王子”的形象，可爱情显然从来不是让谁成为谁的依附品。

有个朋友性格开朗，年纪也不小了，生活自理能力却并不太好，但也丝毫没影响到她健康快乐地成长。每次和朋友聊天，她都让别人给她介绍相亲对象，然后扯着喉咙喊：“我需要爱情！”“我需要有个男朋友来照顾我！”可是，她从来没有像自己喊的那样，轻易地就去谈恋爱。

更多的时候，她选择一个人去好好地吃大餐，或者一个人跑去电影院看喜欢的电影，有时候也会去逛书店，喝星巴克，买一件喜欢的衣服。

工作做不了多久，攒够了钱就开始出去旅行。旅行回来自然丢了工作，可她一点也不怕，又找一份工作，继续攒钱，等待下一次出行。我一直还挺羡慕她的，她没有考虑很多所谓现实的物质的问题，也没有考虑年纪大了，是不是应该稳定下来，找个人相亲结婚，然后相夫教子。她不是那样的姑娘，她就想让自己过得开心一点。在所有人都污名化“文艺青年”的时候，她却乐得做一个“文艺女青年”。有时候和她一起去 KTV，她还会自嘲地唱邵夷贝的《大龄文艺女青年之歌》，脸上一点悲观的神情都没有。

还有个关系很好的姑娘，她也是一副典型的“文艺女青年”的姿态，二十七八岁，身边的人可能个个都给她敲警钟：哎呀，再不结婚怎样怎样……身边的女孩们个个都结婚生孩子了，生活幸福美满，她却说，她想找一个志趣相投的人，能够有共同的话题，能够一起随性地出去露营，或者一起驱车去川西看秋日的风景。

她坚持多年组织支教，到川西去为贫困的小学生上课。虽然现在自己没时间过去，可她依旧没有放弃每年邀请一些大学生前往。这事儿对她来说成了一种幸福感、满足感的体现。此外她还每天坚持早起，给自己做一顿丰盛的早餐，然后出门跑步，每年的马拉松几乎都不会错过。她觉得这些东西让她很快乐，很满足。

不需要整天花时间考虑是不是应该给“另一半”发个短信问好；是不是要邀约一起晚上去哪里吃饭，应该吃什么；是不是应该压抑着自己的情绪，去聆听自己根本不感兴趣的“男人的话题”……关于爱情，她有期待，但也从来没有想过让自己将就。

类似这样姑娘的例子我可以举出很多。可在很多女孩看来，这简直是不可思议！觉得自己根本做不到。其实不是你做不到，而是你觉得你做不到。

“孤单那么可怕，我多想每天有个人等着我回家，和我分享所有的事物，给我做一顿丰盛的晚餐，和我一起白头偕老……”

可你也知道，人海茫茫，就像柏拉图的那个关于爱情的经典比喻，男人和女人曾经是一体的，因为力量太强大被上帝分开。芸芸众生里，哪个才是你生命中的另外一半？这个是可以轻易找到的吗？你需要知道你想要的幸福生活是怎样的，你才可能试着去拥抱那个人。

孤单的时候，你觉得自己很糟糕，看到别人逗小孩觉得幸福感爆棚，觉得别人牵手逛超市都美好得不要不要的，可是请你相信——在你用羡慕的眼神看他们的时候，他们也在用羡慕的眼神看单身的你。

他们可能整天处在孩子不听话，吃喝拉撒都要自己照顾，还要兼顾工作、生活的烦琐，在家里可能还有永远处理不完的婆媳关系……而你却是一个人，想吃就吃，想喝就喝，想玩就玩，随时随地都可以打包行李去旅行，一个人做什么决定都轻松自在，不用考虑是不是要照顾别人的感受。

如果你愿意，你吃冰激凌，做晚餐也可以；穿着睡衣，到楼下小卖店买碗面也可以；开着音乐，自己一个人在家里翩翩起舞也可以。当然，做普拉提的时候也不用担心姿势太丑而被男朋友嘲笑……

千万别找妈宝男当男朋友

前些天，网络上有一个针对女性的测试，叫作：你最讨厌哪种类型的男人？榜单前两名分别是直男癌和妈宝男。女性对于直男癌的深恶痛绝已经有目共睹，那么什么时候妈宝男也到了让众多女性咬牙切齿的地步了呢？

我把这个测试分享到了好友群里，群里立刻就炸开了锅。群里一共有十二个女性，有四个跳出来吐槽和控诉。其中小美的吐槽最为激烈。

小美是名牌大学毕业的高才生，她在大学期间谈了一个男朋友，男生家境不错，父母经商，再加上男生又是独生子，所以父母对他特别宠爱。小美家境也不错，和男生算得上是门当户对。

小美从小接受的教育很传统，父母又很相信“穷养儿子富养女儿”的这一套理论，所以她从来也没吃过什么苦，一路顺风顺水的。可是在见到男生之后，小美才知道什么叫溺爱。

男生大学期间从来没洗过衣服，无论大小件，都送到干洗店，就连袜子也永远是穿一双扔一双。和小美谈恋爱期间，出入的都是五星级的餐厅，连一次火锅都没吃过。小美一开始还觉得很新鲜，久而久之就变得不习惯起来。于是她就开始了她的改造男朋友的计划。

改造的第一步，就是要把这位不食人间烟火的少爷拉到地面上来。小美开始带着男生去吃路边摊，男生第一次看见麻辣烫的时候，满脸都是嫌弃，但还是被小美逼着吃了。没想到，这一吃就爱上了。于是，接下来小美带着他尝试了火锅、黄焖鸡米饭、米粉……男生大呼前二十年都白活了。

改造的第二步，是将这个衣来伸手饭来张口的少爷，变成自力更生的好少年。小美和他一起洗他的衣服，带他坐公交挤地铁，做正常情侣会做的事。男生在小美的帮助下，简直是脱胎换骨，变了一个人。

两个人顺利地经过了四年爱情长跑，准备毕业后就结婚。

在拿到毕业证的第二天，男生带小美去见了他的父母。那是一次很正式的见面，小美不敢怠慢，还特意化了淡妆，穿了温婉的裙子。吃饭期间，男生父母问了小美的家庭情况和一些基本信息，至少小美觉得，男生父母对她是满意的。

那次见面之后，基本也就算是定了他俩的婚事。于是，两个人开始筹备婚礼的细节。就在这个时候，小美发现了问题。

按理说，看婚纱挑钻戒这种事，让小两口决定就行了。可是男生的妈妈非要跟着一起看，小美有些不高兴，不过转念一想也许男生妈妈只是热心肠呢，于是也就没在意。

去看钻戒的那天，依旧是三人行。到了柜台，没等小美看，男生妈妈就问导购小姐，最便宜的钻戒是哪款？如果当时有地洞，小美一定会毫不犹豫地钻进去。小美拽了拽男生，让他上前去拦住他妈，没想到男生却劝小美听他妈妈的，说“大不了回头我再给你买一个”。

小美当时就爆发了，指着男生的鼻子问：“你跟我结婚还是跟你妈结婚？钻戒是我戴不是你妈戴，凭什么你妈说了算？”

男生也觉得小美说的有道理，于是把他妈拉到一边劝住了。可是这一件小事，小美就已经看出了男生是个妈宝男。

接下来的事，就让小美更加确定了。筹备婚礼期间，无论大小事，男生都要问他妈妈的意见，就连一张壁纸的颜色也要打电话问他妈妈。小美忍无可忍了，她不明白，一个二十好几的男人，什么都找妈妈，这不是没断奶吗？敢情自己对他的改造只是换了一层外壳，真正的里子和病因她现在才知道。

小美和男生聊了一整晚，最后分手了。因为小美对他说："你和我在一起不就是你自己做的决定吗？这样看来，你完全可以自己做决定呀。"结果男生告诉她，当初选女朋友也是他妈妈帮他选的，小美是整个班级里他妈最满意的，所以他才追的小美。

"找个妈宝男做男朋友，就等于去当保姆，没工资、任劳任怨不说，'孩子'还永远不听你的。"小美说。

紧接着在小美后面吐槽的是莎莎。莎莎和小美不一样的是，小美谈论的是前男友，莎莎谈论的是老公。

结婚前，莎莎是真没发现自己老公的隐藏属性。结了婚，和公婆一起住之后，发现时已经晚了。莎莎家里的房子不太大，就两个卧室，公婆一个，莎莎和她老公一个。莎莎是银行职员，典型的朝九晚五。莎莎老公是干销售的，总是加班。所以家务活就全压在了莎莎的头上。

"你是不知道每天早起做饭的滋味啊，我真后悔结婚。"

莎莎这句抱怨平均每天一次。按理说莎莎的婆婆才五十多岁，怎么也得帮儿媳妇分担点吧。可是自从莎莎嫁过来之后，婆婆就连碗都没刷过一次。

做家务这件事并不是莎莎生气的源头，真正的源头是每天莎莎老公下班回家第一件事，不是对做了满桌菜的老婆说辛苦了，而是去问他妈今天都干了什么。这姑且可以当作孝顺，可是结婚快一年了，莎莎连她老公的工资卡都没见过，一直在婆婆手里握着。莎莎老公还安慰莎莎说："日常开销就花你的工资就行了，我的工资，妈帮我们攒着。"

莎莎和她老公为了工资卡的事吵了好几次架，最后一次，在莎莎说出"不给工资卡就离婚"这种话的时候，婆婆才勉为其难地把工资卡交给了莎莎。

最近，莎莎正在为分担家务的事想对策呢。

在莎莎之后，另外两个女生也吐槽了半天，搞得我也对妈宝男讨厌了起来。

说实话，妈宝男就像长不大的巨婴，永远生活在襁褓中，你还不能强行让他断奶，因为母亲在他心中的地位是不可撼动的。你能做的，就是尽量远离这种人。

因为他们不需要爱情，他们有妈妈就够了呀。

—

我想要一个
无条件站在我这边的人

—

最近一直在追综艺节目《幸福三重奏》，从第一集开始，我就快要被大S和汪小菲这对夫妻给甜死了。

大S本身比较多愁善感，是那种看电影都会哭得停不下来的小女生性格，汪小菲嘴笨不懂得安慰，就风尘仆仆地去买菜回来给大S做饭；因为汪小菲骑车太快了让大S害怕，所以大S委屈得哭了起来，汪小菲就一直耐心地道歉，没有一点不耐烦；大S对汪小菲说“我爱你”，汪小菲回复“我也爱你”，大S瞪眼说“这是错误答案”，汪小菲就立刻改口说“我更爱你”……

完全就是偶像剧好吗？试问谁不想要这种被宠成小公主的爱情啊？

说实话，看完这几期节目，我觉得大S的确有一点点作，有一点点任性，比起人妻，她更像是热恋中的少女，因为一点小事情就会跳脚发脾气。但是我发现好多人比我想的严重很多，他们认为大S不会做饭，不够贤惠，还不够体贴，甚至根本不是一个好妻子。

好在这种言论还没来得及发酵，汪小菲就发了微博为大S说话，他完全没有认为大S撒娇任性有什么不对，他无比肯定大S的付出，也摆明了态度：就是要宠着大S，不管任何人的看法。

怎么说呢，就突然非常羡慕大S，她美丽，即使到了年纪也完全看不出生活在她身上留下什么痕迹。以前我总觉得，她的好状态是因为女明星这个身份，是因为有钱，现在才明白，都不是，是因为她永远都有一个肯无条件站在她身边爱她、宠她的人。

昨晚刷微博看见有博主说，现在的女生真是诡谲，分手的理由特别小，可能只是因为男生的一句话，或者只是因为一件小事，就轻易地将对方判了死刑。我看见小星星转发了这条微博说：并不是这样，我们只是从一句话或一件小事中窥见了根本而已。我无比同意。

小星星和男朋友刚在一起不久，却总是闷闷不乐，经常凌晨两三点还在发伤心的微博。问她缘由，她自己也说不出，久而久之，大家都觉得她不过是矫情。

上星期，我约她来我家里看电影，我们俩坐在地毯上倚着沙发喝着酒，看一部很老套的爱情片。片子里的男生很坚毅地爱着女生，为了她多次挺身而出。小星星突然跟我说她明白了，她之所以在这段感情里不快乐，不过是因为没有被男生那么坚定地选择。

他们在一起不过是因为朋友怂恿，男生从没跟她说过什么甜蜜的情话，两个人就连约会都带着点局促的尴尬。有一次在地铁里，小星星不小心踩了一个男子的脚，男子“出口成脏”，小星星一直低头在道歉，而男生只是说了句：“你下次小心点。”

没有拥抱、没有安慰，更没有站在她的身边一起面对世界，这样的爱情，只要想起，小星星就会心慌。

可能很多女生都和我一样，谈过几次恋爱，也知道谈恋爱的滋味，快乐过也委屈过，却唯独没有被无条件地支持、选择过。其实我们谈的爱情，不过就是普普通通的类似爱情的陷阱，我们却以为自己看见了繁星。

真正的爱情，可能没有王子公主的童话，没有奢侈的城堡与白马，没有鲜艳的嫁衣和鲜花，但是却一定有对你斩不断的牵挂，永远握紧的手，和无论怎样都站在你这边的坚定。

我始终坚信，无论长到多大，每个女生都想要一个肯无条件站在自己身边的人，他可能不够勇敢、不够高大，但为了你，他愿意挺身而出、赴汤蹈火，甚至与全世界背离，这就够了。

所以答应我，下一次恋爱，一定要找一个肯无条件站在你身边的人，生生快乐，世世相爱。

—

把最好的我带给你，
这就是爱情

—

有的时候，不得不承认，爱情是伟大的。

认识一个朋友，女孩，很可爱，笑起来有两个小酒窝，甜到人的心里去。那时候遇到她，是在一个晚宴上。大家欢快地玩闹着，享受着属于年轻人的狂欢。她独自在角落，安静地品着各种糕点。吃得嘴巴鼓鼓的，像个孩童一样，让人不忍责怪。她有点婴儿肥，让人觉得很是可爱。朋友介绍说她是未来的糕点师傅，最大的喜爱就是吃，以及研究一切好吃的。我笑着和她打了招呼，与她成了朋友。后来经常会收到她自己做的手工小食品，味道独特。

有段时间不见她，再遇见，她简直像变了一个人似的。尖下巴，完全不见半点胖的痕迹。在咖啡厅小聚，想为她点一份黑森林，她婉拒了，笑着说，戒了甜品，喝咖啡就好，不加糖。看我一脸惊愕，她笑着品了一口咖啡，对我说："以前觉得不加糖的咖啡，简直是世界上最难喝的东西了，现在倒也觉得别有一番风味。"说完还调皮地"吧唧"了一下嘴。

我不解。怎么回事呀？甜品师傅不吃甜点了，那还得了啊？

"恋爱了，他说希望我瘦一点。"

"什么呀？他不知道糖果是你的最爱吗？"

"是爱，但是和他比起来，就没有那么重要了。"

"感觉幸福？不委屈？"

"幸福。把更好的自己带到他面前，看他欣赏的眼神，觉得比吃一百块巧克力还甜。"

向她送上祝福。我不否认，瘦下来的她，更显得精神。虽然我想念那个可爱的有着小酒窝和婴儿肥的她，但是，看她幸幸福福的小女人模样，也不禁为她开心。

爱情的力量真伟大，可以让人改变长久以来的习惯和喜恶，因为是为自己喜欢的人改变，所以不觉得委屈。

另外的一位朋友，是发小，男孩，我叫他康康。一位特别有文艺范的青年，脑袋里装满了各种奇思妙想，熬夜搞创作是常有的事情。他很讲义气，从小玩到大跟我没红过一次脸。唯一一个不好的习惯是吸烟。我说了他不下五千次，他每次都是笑笑就过去了。我知道，搞创作的人都有自己的小癖好，就是担心他的身体健康。说得最厉害的一次，我给他带了从医院搜集到的病例，发黑的肺部，看着让人心惊胆战。他看完淡淡一笑说："馒头，我知道你为我好，但是没有它我不能创作，没有创作我活着有什么意思呢？"我只好停嘴，心里干着急。他妈妈也是嘴巴都快讲烂了，没有用。

有天夜里，他给我发了一条信息。"馒头，我想戒烟。求监督。"

我一看时间，好家伙，凌晨两点，手头上赶着稿子，差点被他吓了一跳。"你梦游啊？"

"没有，清醒着呢。你监督我啊，今天起，不抽了。"

"好啊。不收你监督费。可以说说理由不？我好奇。"

"她对烟过敏。"

"她？"

"我女朋友。"

好吧。再次感慨，爱情的力量啊。

周末的时候过去看他，给他带了满满两大盒口香糖，他一直说那是牙膏糖，以前死也不吃。现在倒是满心欢喜，说我是他最知心的小伙伴。我说：“哥们，那你的创作呢？还OK吗？”这家伙来了一句“没灵感的时候想想她就有了”，说完还不好意思地挠了挠他那大大的后脑勺。我狠狠地笑话了他。顺带替阿姨感谢了一下他的女朋友——我后来的好闺蜜，姚小花。

后来，拉着小花逛街的时候，我抑制不住心里的小激动，意味深长地对她说：“小花姑娘，还好你对烟过敏啊，不然康康这辈子恐怕也离不开烟呀。”她笑了，脸颊飘起了两朵小桃花。“其实我是骗他的，哪有那么容易过敏，只是看着他老吸烟，担心他身体而已。我知道他会为我改，所以才故意激他的。替我保密哦。”瞧这小两口，我会保密的，你们继续相亲相爱吧。等你们的喜讯。

果然，今年秋天就收到了他们的请柬。婚礼上的康康，红光满面的样子，不再像之前一样瘦，看起来特别精神。康妈也是一脸欣慰，看着特别喜庆。我们的小花姑娘对我会心一笑，有如花仙子下凡。

都说爱情使人盲目，恋爱中的人智商都是负数的，我看未必。好的爱情，会让彼此变得更好。你看康康，成功戒烟，抱回美娇娘。关键是他的妻子，懂他的爱，也真真切切地爱着他。再看我们的甜点小姑娘，越变越标致，依偎在她的小男友身边，也是满脸幸福的模样。多好呀！

朋友聚会的时候，常听到这样那样的抱怨。或者说男朋友不够体贴，费心做的饭菜还被挑剔；或者说对方太小气，舍不得为自己花钱；又或者说女朋友刁蛮，约个会也要迟到几个小时以上；或者为着鸡毛蒜皮的小事耍脾气，冷战着谁也不理谁；或者哭着闹着要分手，撕心裂肺地喝酒浇愁……开始听的时候，我总是耐心地劝导，后来听得多了，实在不想劝了。

“既然那么不好，分手算了。”这话一出，对方马上安静了许多。

你看，舍不得吧？既然舍不得，为什么要抱怨呢？何不像康康那样，去尝试为对方改变？菜做得不好，多做几次就好了呀。他不舍得花钱，你自己赚钱给他买东西嘛，久了他也就学会为你买东西了呀。女孩子约会迟到了，多等一会儿不就好啦？想想她打扮得漂漂亮亮的还不是为了你呀？鸡毛蒜皮的那些小事实在没理由还要搬到台面上说，彼此退一步，什么矛盾都没有了。我就不信你说一句“我错了”能少块肉？你先说“我错了”，他立刻会赔着笑脸说自己也不对，信不信？

好的爱情，不就是这样吗，肯为对方去改变，无论多难。你为我改变一点，我为你改变一点，两个人心里想着对方，想着把更好的自己带到对方面前，这不就开开心心改变了吗？有什么比看着爱的人开心更重要呢？

甜点姑娘说，姐姐，我是心甘情愿为他改变的，不委屈。

康康说，馒头，我爱她，所以我可以戒。

小花说，馒头，我爱他，希望他更好。

你看，别老顾着吵，相亲相爱多美好啊！想着把最好的我带到你的面前，这才叫爱情。

Chapter 05

乍见之欢 or 久处之乐

爱就是一分一秒
都等不了

豆豆跟小泽是在一家餐厅认识的。

她是在那里兼职的服务生，而他是一周会去那儿吃两次晚饭的老顾客。

在豆豆刚去的第一天，当他看到那张陌生的脸时便起了好奇之心，旁敲侧击地向之前认识的服务生打听她的名字。但那晚豆豆并没和他有过交集，即使经过他所在的餐桌，也没有任何停留。他要离开的时候，她正端着盘子向他的邻桌走过来，短暂的四目相对，彼此微笑。

那时她以为两个人只是点头之交，却不知日后会因为他而辗转反侧，失眠成性。而他只觉得她和里面的任何人都不一样，却未曾想“豆豆”两个字会在心里不断掀起波澜。

后来，小泽在洗手间和她偶遇，冲着她的背影喊她的名字，她听见声音后停住脚步，转过身问他：“你怎么知道我叫什么？”小泽脸上带着笑意，对她说：“因为我聪明啊。”豆豆知道他在开玩笑，便也没再追问。从那次之后，小泽每次来吃饭，她都主动过去帮他点单，上菜，并且慢慢记住他的喜好。豆豆不知道自己为什么对他那么上心，或许只是因为他把自己的名字喊得很好听。小泽会趁着她上菜的间隙不断和她讲话，比如说，“你累不累啊”“要不要喝点水”之类的。而坐在他对面的朋友满是疑惑，想不明白他怎么会对一个小服务生嘘寒问暖，于是就问他：“你是不是喜欢上人家小姑娘了啊？”他的心怦怦跳得厉害，却还是不假思索地否认，从来没觉得自己动了情。

偶尔有一次他来吃午饭，却没有看见她。问了餐厅的经理，才知道她是在附近念书的学生，只在晚上来兼职。其实那天他想来告诉她，自己要出差半个月。却没想到扑了空。

小泽没再按时按点地来餐厅吃饭。豆豆开始变得魂不守舍，每天都在盼望着他的出现，哪怕他不是过来吃饭，只是恰巧路过打个招呼，也足够让她开心好一阵儿。他毫无缘由地出现又离开，像是凭空消失，似乎没有在豆豆的生活中出现过一样。她觉得遗憾，因为对他一无所知，甚至没有问过他叫什么名字。她向其他一起工作的伙伴打听起关于他的一切，然而得知的信息始终是寥寥。她泄了气，又觉得自己可笑至极，因为爱这件事对她来说有些困难，理智一直在不断地提醒她不能轻易喜欢一个人，因为稍不小心，就会万劫不复。

当一个人在你的心湖中泛起涟漪，总会留下印记。她每分每秒都在念着他，把日子过得如同行尸走肉，没有一点精气神儿。直到妈妈打来电话让她去医院复检，医生说她的病情有了好转，她才稍微松一口气，但也不再去期待，对小泽也没有了任何憧憬，生活就这样回到了正轨，就像他没出现过一样。

就在豆豆以为他是匆匆过客，两个人注定不会再见的时候，他却打来了电话，喊她名字的时候声音依然温柔得醉人。豆豆一时间开心得忘乎所以，原地蹦蹦跶跶转了很多圈。

两个人约了见面，在一起说了很多的话，恨不得把自己的前世今生都讲出来，彼此就差把心掏出来让对方看一看了。那也是他们第一次发现，眼前的这个人原来有那么多和自己相似的地方。小泽感到欣喜和雀跃，豆豆却在犹豫和不安中徘徊。她疑惑不解，两个人认识这么短的时间，就真的产生爱情了吗？但没有人能来给她一个答案。

小泽鼓起勇气对豆豆表白了，对她说："我觉得你是那个对的人。"他理解的爱情就是要马上在一起，哪怕只认识一天，也不想再去等待。来日方长，了解和磨合这种事都可以慢慢来。

但豆豆对待感情小心翼翼和惴惴不安，因为她没有勇气去飞蛾扑火，尽管已经察觉到喜欢的分子在体内开始躁动，她却还是让他走。即使对小泽的想念已经堆积到快要溢出来的地步，却还是在压抑，直到巨大的黑暗笼罩着自己，又一次感到长夜漫漫，她开始懂得那句"喜欢是放肆，而爱是克制"的含义。

小泽因为豆豆的拒绝而坐立不安。当你真正喜欢一个人的时候，她的拒绝就是冬日里呼啸而过的冷风，打在脸上的时候，凉意袭身。爱会让人变得脆弱，经不起一丁点儿打压，但也会让人勇敢，无忧无惧。两个人没有联系的这段时间里，豆豆确定了自己的心意，便约了小泽见面，决定敞开心扉。

“我有抑郁症，六年了。情绪时好时坏，不知道什么时候就爆发，我怕被谁拿起来又丢下，所以我不敢去恋爱，但更怕的是你觉得累。”豆豆嘴角上扬，犹豫了很久才说出这段话。

“那又怎么样？”小泽反问她。

她突然感到莫名的心安，对他说：“跟我在一起，意味着你要将我过去那些晦涩和阴暗的部分接过去，照料我时好时坏的情绪，且不能有迟疑和犹豫。”

小泽抬起头，看着豆豆的眼睛，目光坚定地告诉他：“不仅是过去的你明朗或者极端，还有你的未来里将要出现的种种，我都能接得住。因为我爱你。”

的确已经过了耳听爱情的年纪，但此时此刻，豆豆却觉得这话格外悦耳。

爱情面前每个人都疯狂且无所顾忌，愿意突破之前设限的圈子，即使曾经小心翼翼，此刻也想要去放手一搏。豆豆依然对未知感到恐惧，但她也知道，爱这件事需要很多勇气，而他让她一再地确定，他就是那个上天派来治愈她的人。

她不想再等了，此时此刻就想扑进他的怀中，感受他的温度，因为爱，需要尽早开始。

在感情中我们都会摔跤，会伤害别人，也会被人伤害，但不能因为害怕结束就不去开始，因为经历比结果更珍贵。当你决定爱一个人的时候，一分一秒都不会耽搁，你骗不了自己的心，不如就跟随它去抓紧那个钟情的人。

失去了浪漫的爱情，还剩下些什么

假期和闺蜜一起重温电影《当哈利遇到莎莉》，两颗少女心被电影中满满的浪漫元素感动得一塌糊涂。

特别难忘的一个场景是，在那个新年之夜，当周遭的所有人都沉浸在欢天喜地的节日气氛中时，哈利却不顾一切地朝莎莉的住所跑去。

当所有人都为他的行为感到奇怪时，哈利说："当你终于知道自己已经爱上某人时，你就一分钟也不想再过没有她的日子了。"

的确，那一刻于他而言，没有什么比见到莎莉更重要了。

好的爱情电影，总会让观影者有代入感。就好比看完这部电影后，闺蜜告诉我，她也渴望拥有一段浪漫的爱情，为她所爱，奋不顾身。

可我骨子里头到底是个具有现实主义的倔强姑娘，总是忍不住会想，如果爱情里失去了浪漫，还能有些什么？

在此就想和大家分享一些，与浪漫无关的爱情。

我爸和我妈。

我爸是那种一本正经的人，自打我懂事儿以来，就没听过我爸对我妈说过一句情话，送过一朵花，似乎他全身上下没有一个浪漫细胞。

只有一点特别好，就是特别会做饭。这么多年来，他几乎是我们家厨房全勤的最佳员工，即使是偶尔一两次感冒发烧，他也依然坚持带病上岗。

有一回，他得到省外出几天差。

我心里想，我爸终于可以休息几天不用做饭了。

可那天他在厨房忙活了一个下午，我好奇地进去一看，发现整个冰箱满满的都是他刚包好的馄饨和饺子。

我心疼地嗔怪他：“爸，你既然可以出差，就休息几天嘛，不用担心我们的吃食。”

本以为我爸会因为女儿的贴心而感动，谁知道他淡淡地说：“我出门了你妈吃什么，养你二十多年，饭都不会做。”

当时，我一脸尴尬地站在原地，心想：谁说女儿是爸爸上辈子的情人了？

可爸爸的这句话，却让我的心暖了很久。

这个看似缺少浪漫情怀的大男人，却懂得一天不落地为妈妈做饭，即便出门在外，也不忘时刻惦记着她的吃食。

这种融入琐碎生活中的爱与关怀，大抵要比所谓花前月下的浪漫来得更为真实、可贵吧。

我舅舅和舅妈。

小时候，因为父母工作忙，我曾被寄养在舅舅家生活了好长一段时间。

记忆中，舅舅是个温暾、木讷的人，和舅妈也没有太多的共同语言。俩人上班下班，吃饭做家务，晚上安静地看会儿电视。一天二十四个小时里，没有太多的交流。

于是，看多了家庭伦理剧的我，不免在心里生疑：难道，这就是所谓的“婚姻是爱情的坟墓”？

直到后来发生的一件事，才改变了我这个天真的想法。

有一天早上，舅舅起得特别早，说是要去买早餐。

过了估摸三十分钟，他才提着几个包子回来。

我感到很奇怪，小区楼下就有一个包子店，平日里买包子花不了十分钟就回来了，怎么这会儿得花半小时。

并且，更奇怪的是，从那以后舅舅都比往常早起了半小时，风雨无阻，为的就是去买包子。

我好奇地问他："是在楼下的包子店买的吗？"

舅舅告诉我："是在几公里开外的地方买的，开车去买。"

我后来才知道，原来之前舅妈吃楼下包子店的包子吃坏了肚子，而舅舅听说另一家包子店的肉馅儿比较新鲜，于是从此每天早上早起半小时去买。

很小的事儿，却给我留下了很深的印象。

真正的爱情，不是懂得说多少甜言蜜语，也不是懂得多少浪漫的桥段，而是将爱落入平常的柴米油盐中——我愿意为了你的身体健康，花更多的心思和时间。

同事张大姐和她的先生老王结婚十三年了。

有一回，看到单位另一个年轻女同事收到男朋友送来的花儿，她特别羡慕地跟我们说，她十多年来从来没有收到过老王送的一束花。

我们开玩笑地说，不送花不要紧，送大礼才是关键呀。

她有些难过地告诉我们，老王是特别不懂浪漫的一个人，除了结婚那会儿送的戒指，十多来年就没有再送过礼物了，也从不过情人节什么的。

大伙儿听了，面面相觑，心里多少有些替张大姐感到落寞。

可这样一个没有情趣的老王，却在某个方面与张大姐有着高度的默契——张大姐从来不带家里的钥匙。

她说："老王就在家里的，没必要带。"

我说："带着吧还是，万一他没回来呢。"

她说："没有万一。"

他们固定的生活习惯就是，老王总会比她早一步回家。

十几年来，她从来没有一次被困在家门外。

没有万一。

你也许会觉得这事儿听上去太不值一提。可是，能够拥有一份出门不需要带钥匙的安心，不也同样是一份无言的爱吗？

你永远不需要担心，回到家面对的是几堵冷冰冰的墙。

相反，总有一个人为你打开家门，总有一个温暖熟悉的问候声音，只需一句简单的“你回来啦”，就足以化解一天的疲乏。

有一类男人，他们浪漫多才，爱上一个人的时候，会成为这个世界上最伟大的魔法师，变戏法似的，去向世人展示他的爱意。

还有一类男人，他们温暾、木讷，不懂浪漫，说不出什么甜言蜜语或山盟海誓，更很少主动袒露自己的感情和心声，但他们却懂得，用踏实的一举一动去诠释自己的温柔。

也许他从来不会问你喜欢吃什么，但吃饭的时候总会做满一桌你喜欢吃的菜。

也许他从来不会亲密地叮咛你早上多睡会儿，但却会在闹钟响之前悄悄关掉，起身为你买早餐。

也许他从来不懂任何浪漫的招式，却能够给予你一份出门不需要带钥匙的安心。

想起电影《北京遇上西雅图》，文佳佳会爱上 Frank，并不是因为他多么浪漫有趣，也不是因为他可以为了爱情奋不顾身，而是因为他愿意每天早上穿过三条街，去给她买她最爱吃的豆浆和油条。

“哈利和莎莉”的爱情固然浪漫，但我更期待的，却是这样的融入平凡生活的无言的爱，它比任何浪漫都来得更让人心安。

特别是，当一段爱情逐渐走进了婚姻，激情也许就会逐渐消磨殆尽，取而代之的，是柴米油盐和生活的琐碎。

所以，当爱情里没有了浪漫，我希望，它会剩下更多的切切实实的陪伴与关怀。

如果你活得太邋遢，就去谈一场恋爱吧

让女生变美的最好化妆品，永远是爱情。

别人我不知道，反正我自己谈恋爱的时候，永远是自己最漂亮的时候，不自觉地想把自己最美的一面展现给喜欢的人看。相反，我单身的时候，是糟糕的时候，活得特别糙，什么都不注意，反正也不出门约会，整天胡吃海喝，一不小心体重就猛增。有时候犯懒，随便套一件衣服，不化妆就出门了。单身时间越长，自己就越糟糕，直到有天照镜子才发现——天哪，我怎么成了一个土包子？这才意识到，需要谈一场恋爱，来刺激自己变美了。

之前在杂志上看到一篇人物介绍，一个女生暗恋了帅气的初中男同学十多年，因为自己从小到大就是个胖子，一直很自卑。多年以后，这个初中同学要来北京出差，约她到时候见一面，这姑娘听了以后兴奋得睡不着。她算了算日子，男同学来北京是三个月以后的事情，为了这次久别重逢，而且还是难得的机会，她开始了减肥之路。每天像打了鸡血一样，不坐电梯爬楼梯，中午休息去游泳，晚上下班后去跑步，能站着不坐着，能坐着不躺着，三个月内奇迹地从 160 斤减肥到了 96 斤。

三个月后，两个人见面的时候，男生彻底傻眼了，他面前的女生杨柳细腰，和他记忆中那个小胖墩儿判若两人，原来她瘦下来，这么好看？功夫不负有心人，女生那次真的套得男神心，两个人顺利恋爱，而且还结婚生子了，后来还有很多杂志社邀请她担任模特。

这是一个励志的逆袭故事。女为悦己者容，只有找到了想要取悦的人，你才会有动力让自己变得漂亮。能让一个 200 斤的胖子，下定决心减肥，很少是因为肥胖对身体不好，往往是因为想去谈一场恋爱或者是喜欢上了一个人。

就连我们看过的偶像剧《初恋那件小事》《我的少女时代》《最美的时光》《那些年，一起追的女孩》，如果不是因为遇到了一个心动的人，他们永远都不知道自己原来可以变得如此美好。

高三毕业那年，我度过了漫长的三个月假期，开学的时候发现，我已经从一个 91 斤的瘦子，变成了 118 斤的粗壮少女。开学后也并未觉得哪里不好，照样该吃吃，该喝喝，到了冬天的时候，都能看到我的肚子像个球一样鼓鼓的，那时候一个高我好几届在南开读书的学长，约我元旦的时候见面。我一下子慌了神，赶紧跑到隔壁宿舍强行掠夺了好友的呼啦圈，天天在楼道跳绳，转呼啦圈。

下课后啥也不干，走火入魔一样去锻炼。第一次转呼啦圈，腰上全是被呼啦圈碰撞出的瘀青，但依然坚持每天转一个半小时，跳四十分钟的绳，才回去洗澡。元旦的时候，我已经成功瘦到了 98 斤，自信满满地去见了我一直喜欢的学长。

有时候想变美，自律没用，再完美的计划表，都不如去找一个能让你分泌荷尔蒙的人管用。如果发现自己的外表长“杂草”了，赶快去找一个喜欢的人，让他来促使你锄草吧！女生最美的时候，大多是她在热恋时的模样。

女生可以不结婚，但不能单身太久，因为美好的爱情可以让你保持美丽。

在喜欢的人身边，我很少发动态

我的一个朋友发过一条微博，大意是：“如果你们看我一天发好多条状态，不用怀疑，一定是我老公出差了；如果你们看我好多天也不更新状态，也不用怀疑，肯定是我老公回家了。”

我还有一个朋友，成天发朋友圈，每隔一会儿就发一条，吃喝拉撒，去了哪儿，见了谁，干了啥，看到了什么，恨不得都要发出来。我们总觉得他无聊透顶，他委屈地说：“你们那些久不更新朋友圈的人，你们想说话的人，一定就在你们身边吧？”

仔细想想确实如此啊！我们想说话的人，近在咫尺，他在身边的时候，几乎都没兴趣玩手机，也不觉得有什么可更新状态的。相反，失恋的时候，会突然变得爱发自拍，爱更新状态。

一个从来不更新朋友圈的人，未必是谈恋爱了，但一个经常更新朋友圈的人，突然有段时间不更新了，可能是真的恋爱了。一个久不更新朋友圈的人，突然频繁地更新了，可能是失恋了。我们在喜欢的人身边，一切对于我们而言都变得没那么有吸引力。我们离开了喜欢的人，就什么都需要找一个人一起分享。

我自己一个人的时候，几乎手机不离手，每隔几分钟就要刷一次朋友圈，就算走在路上看到一条狗，我也忍不住要分享给大家："你看这狗多可爱。"有段时间我恋爱了，整天和喜欢的人待在一起，虽然两个人也没干啥与众不同的有意义的事，无非就是房间里多了一个"行走的静音冰箱"，大多时候都是各忙各的，但是，手机不再随时拿在手上，也不关心朋友圈大家都在干什么，可以毫无顾忌地坐在沙发上看半天电视，手机被扔哪里了，我都不知道。

好多人发信息过来，如果不是什么重要的事，我都懒得回复。我一个姐妹儿问我："你一定谈恋爱了吧？"我问她何出此言，她说，你太久没动静了，不问人间俗事，不像你的风格。我忍不住哈哈大笑起来，果然最了解我的还是身边的损友。

在喜欢的人身边，真的懒得搭理外面发生了什么，看到狗觉得可爱也懒得发条动态了，娱乐明星八卦都不能引起我发朋友圈唯恐天下不乱的热闹心。相反，他不在身边的时候，一秒钟还俗，又变得格外活跃，什么都想发个状态，路边的花不错，今天的菜太咸了，隔壁家的猫丢了，楼下超市的大姐今天没睡醒……

如果我朋友圈好久没动静了，放心，我一定是和我喜欢的人在一起呢！

如果你喜欢的人，突然有段时间从朋友圈消失了，也不用怀疑，此刻他正在和他喜欢的人在一起呢！这就是有的人对你忽冷忽热的原因，对你热的时候，他正在空窗期；对你冷的时候，他正在为另一个人赴汤蹈火。很多时候，我们可以从一个人的朋友圈动态，来判断他的恋爱情况。

判断一个人是不是单身，其实最容易。如果总是发自拍、碎碎念，还频率极高，不用怀疑，此人单身，并且渴望谈一场恋爱。单身的女生总是爱晒自拍，单身的男性总是爱晒方向盘，错不了。那些隔一段时间才更新状态的人，可能都有了自己想说话的人。那些久不更新状态的人，这就不好判断了。

和你在一起的时候，手机不离手的人，可能对你并不太“感冒”。爱你的人，不一定能为你放下手机；但和你在一起的时候，能放下手机的人，可能是真的爱你的。

所以，你喜欢的人，是不是单身，喜不喜欢你，看看他的朋友圈动态和玩手机的频率，也能略知一二。

—

我家猫特别喜欢你，随我

—

最近阿咪谈恋爱了，整个人都散发出恋爱的味道，就连跟我们聚餐的时候，手机都不离手，一有消息就笑得合不拢嘴。

她眯着眼问我们：“怎么会有这么会撩的人啊？而且这个人还是我的男朋友，我也太幸福了吧！”然后她就满眼桃心痴痴地笑，整个人像是泡在新鲜的柠檬水里一样，温柔又软绵。

我好奇地抢过阿咪的手机，在看了几眼消息记录之后，我终于知道了我单身的秘密。现在的男孩子嘴也太甜了吧，是去原始森林里偷的蜜吗？在很长的消息记录中，男生的回复既幽默又撩人，完全是可以让女生猫在被窝里咬着被角尖叫的类型。

比如阿咪一个人下班很孤单，男生就用语音唱歌给阿咪听，每一条语音唱一句不同的歌，唱完了四句之后问阿咪听出什么了吗？阿咪说没有，男生就让阿咪转换成文字看，结果阿咪发现，每一句的第一个字连起来刚好是“我喜欢你”。

比如男生工作的时候很忙，不能一直陪阿咪聊天，他就每隔十分钟跟阿咪说一句：我有记得在想你哦。

再比如，男生的家里有一只猫，阿咪去他家玩过一次，之后男生就总是给阿咪拍猫的视频，还跟她说自从她那天走了之后，他家的猫就很抑郁，连猫粮都吃得少了。阿咪问他：“为什么啊？”他回答说：“因为我家的猫特别喜欢你，随我。”

诸如此类，阿咪还可以说出好几十个不重样的，搞得大家都很羡慕她有一个暖心的男朋友。没想到阿咪跟我们说，其实这个男生嘴很笨的，和他在一起的时候，他总是腼腆又害羞，连牵手都需要酝酿好久，是那种爱有一百分却只能说出十分的人。

可哪个女孩子不喜欢听情话呀，在阿咪跟他抱怨了几次之后，男生就开始了学情话之旅。起初也是跟着网上的段子学，会问阿咪“你看没看过四个角的星星”之类的老梗，阿咪也不揭穿，一直配合他。渐渐地他进步很快，偶尔的一句情话居然也可以让阿咪甜上好几天。

阿咪后来跟我说，其实她不仅仅是因为情话动听而开心，更让她感动的是男生在乎她的心。其实他也可以一直不学的，阿咪也不会因为这个就和他分手，他明明可以理所当然地当一个嘴笨的男朋友，但是他没有。

在自己舒服和阿咪开心之间，他选择了后者。

我渐渐发现很多很甜蜜的情侣，能保持爱情新鲜的秘诀之一，就是给对方很大的包容度。只要是你，做什么事我都会加上好看的滤镜：情话再烂俗，换成你说，就非常甜；礼物再普通，换成你送，就非常珍贵。哪怕你五音不全，只要是你唱的歌，我也觉得是天籁。

即使是不能忍受的缺点，也会互相给对方足够的耐心和时间，一点一点地，彼此携手一起变好。

我相信这世界上没有哪个男生一开始说出的情话就是一百分，一定是因为有个爱他的女生一直包容他，他才会慢慢地说出满分的情话。我也相信，那些撩人的套路和情话的出处一定是来自很多对相爱的情侣，因为爱得很满，所以愿意拿出来跟大家一起分享。

我更相信，这世上没有不会说情话的男生，纵使说得很差很生硬，他也一定愿意为了心爱的女生笨拙地展露出来，只为换她一个开心的笑脸。

因为是谁说的来着啊，只要陷入爱情，每个人都是诗人呀。

—

遇到对的人，
是一种什么感觉？

—

我的单身问题，已经成了我周围人最关心的问题了，家人、亲戚、大学同学、客户，每次和我聊天的开场白永远是：“什么时候结婚？”我搬新家的时候，大家都吵着说要送我礼物，有人问：“该送你什么好呢？你家还缺什么？”这时候，其他人异口同声地喊：“她家缺个男朋友！”

其实，我也想结婚，大部分大学同学的孩子都能打酱油了，我又没有心理疾病，怎么可能会不想结婚？怪只能怪结婚这事，不是和谁都行的。家里之前也介绍过几个不错的男生，可我总觉得结婚太早了，事业正在上升期，现在结婚牺牲太大。虽然这么说，但如果是我前任突然跑来对我说，明天民政局门口见，我一定想都不想，拿着户口本坐等天亮直奔民政局门口，去他的事业！

爱情就是这样，情投意合了，随时都可以结婚，可以抛开一切外在的因素。

我身边有很多朋友是闪婚的，大学毕业的时候，一个个还都单身，每次聊天，都感慨，“大概我是嫁不出去了”，可是前两年，突然像毕业一样，大家一下子，呼啦啦全结婚了，一个都不剩。

我记得前年接到室友 N 的电话的时候，我正叼着笔一脸发愁地憋文案，她告诉我：“亲爱的，我要结婚了！”吓得我笔都掉了，嗖地一下从座位上站起来问：“和谁？你什么时候有男朋友了？”

她在电话里笑嘻嘻地安慰我：“你别激动啊！就这半年认识的，感觉对了，就想结婚了。”

“何方神圣？能终结你这个‘黄金单身汉’？很帅？还是很有钱？做啥的？”

“普通人，非官非商。”

“那这个人可真了不起！”

N结婚的速度太快了，让人始料未及，我总觉得，她结婚的时间会和我差不多，不会太早。

我和N认识快九年了，她的感情史我都知道，我们两个人像被下了诅咒一样，初恋之后，每一段感情都不顺，男朋友像走马灯一样地换，没有一个修成正果的，毕业一年后，她给我打电话哭着说：“我就想找个人结婚，怎么就这么难啊！当初劈腿的人又不是我，为什么感觉我才是那个遭报应的人？”我们两个人在电话里都哭了，那时我也刚分手。我们都觉得找个对的人太难了，几乎不相信他存在于这个世界上。

而什么又是所谓的对的人？我至今还未遇到。

每个人的爱情都有问题，我有，N也有。N不论谈多少次恋爱都走不出初恋的阴影，也不知道是在怄气，要找一个比初恋更好的，还是放不下过去。她总觉得初恋是最好的，对方如果有一点不如初恋，这恋爱肯定谈不顺心。

其实这种状态是一种病态，她清楚地知道，这样不行的，如果自身心理不调整，照这个状态谈下去，到30岁都未必能找到合适的。可是，人有时候陷入一种僵局中，是很难走出来的，唯有交给时间去摆平心中的怨气，或者遇到一个懂你、愿意包容你的人，陪着你一起走出来。

当时我问 N，遇到对的人是一种什么感觉，N 说：“就是那种，你知道这个人不会离开你，你愿意和他过简单的生活，吃饭睡觉工作，一起生活下去。我遇到他以后，突然就放下过去了，我们在一起后，一次也没有想过以前的事。而且也不再怨恨过去的人，觉得他们和自己半毛钱关系都没有了，有种特别轻松的感觉。”

这可能就是遇到对的人的感觉吧？他能让你放下过去，重拾生活的美好。消除你的不安，让你感到舒服，和他在一起总是快乐多于难过。即使认识时间不长，却让你确定能共度余生。

据说，遇到对的人，你能感觉到，他就是你一直要等的人。

我的另一个闺蜜，单身时间有四年，相亲过很多次，最后都绝望了，觉得通过相亲恐怕是难找到一个情投意合的人了。那年夏天我和她见面的时候她还是单身，入冬的时候却收到了她结婚的消息，她和她老公从认识到结婚也才半年。

结婚，就是这样来得毫无防备。

他们第一次见面，都是被双方家长逼迫去的，她故意没化妆，穿着上班的工服，对方故意穿着大裤衩和拖鞋，场面相当滑稽。

但一个星期后，对方就主动带她回家见父母了；再一个星期，对方就跟着她回家见她的父母了。半年后，对方把自己的工资卡交给了她，他们结婚了。他们的婚礼，是我去当的伴娘。新郎长得特别帅，在婚礼上，闺蜜说："虽然我们认识的时间并不长，也没有过轰轰烈烈的爱情，但是我已经做好了做你妻子的准备了，愿意与你共同面对未来的生活，你做好这个准备了吗？"新郎热泪盈眶，什么都没说便直接将她拥入了自己的怀里，激吻了起来。

坐在台下的新娘的亲弟弟，好奇地抬起头问："妈，你说姐夫到底喜欢姐姐哪里？他那么帅，别人都看不上老姐，他到底看上我姐哪儿啦？"新娘的妈妈"啪啪"拍了两下他脑瓜子："有你这么说你亲姐的吗？"

感情的事，遇上对的人，哪里有什么配不配？只有合适不合适。我喜欢你，你在我眼里就是最好的人。

其实，新郎的脾气一点都不好，但唯独对闺蜜很有耐心、脾气很好。他遇到闺蜜那年才毕业不久，比闺蜜还小一岁，他一直吵着不想结婚，但遇到闺蜜后，就神奇地，很自然地结婚了。现在已经当爸爸了，每天开车接送闺蜜上下班。

遇到对的人到底是什么感觉？那就是你有一种想和他结婚的冲动，想把你的余生都交给他，遇到他之后，之前被伤害的种种都可以原谅。握住了他，就握住了世界，他不会再让你产生不安感，你觉得这辈子跟了他，就不会后悔。他真的能让你笑。

每一个单身、吵着不愿意结婚的人，都是在等待一个对的人，一个让自己心甘情愿、令自己有结婚的冲动的人。遇到了他，随时都能结婚。

我爱你，
都藏在琐碎的细节里

晚上翻朋友圈，突然发现一个一直很低调的朋友发了一张结婚照，我惊讶地私信她："你结婚啦？"

然后朋友害羞地回了一句："他发的，我给删了，要低调。"

然后我发现她连头像都换了，新头像妩媚动人，我就忍不住又夸了句："新头像挺好看。"

结果我收到的回复很奇怪："哈哈！我是猪头！"我正丈二和尚摸不着头，猜想她说这话是啥意思的时候，朋友又回了句："哎呀！刚才又是那个死鬼拿我手机发的，愁死我了。"

我忍不住在屏幕这头哈哈大笑起来，这恩爱秀得，暴击单身狗。虽然我现在看不到她老公，但我能猜想到，那个男生正坐在她身边得意地一脸坏笑。

尽管我不知道他们的爱情故事，但短短的两句聊天，这些小细节，就足以可见，男生有多喜欢我这个朋友，恨不得要昭告天下："她有男人啦！那个男人就是我！"不都说男人真喜欢一个人的时候，就是想走进她的生活里，不藏着掖着。

一个人爱不爱你，都体现在一些琐碎的细节里，爱，是藏不住的。

我想起以前，我们一大帮朋友去玩密室逃脱，其中有个哥们儿带了他新交的女朋友来，在游戏开始之前，我们在密室外听工作人员讲解密室规则，大家都听得聚精会神，我扭头的时候却发现，我那个哥们，趁他女朋友在专心听讲的时候，"吧唧"一下，在人家脸上亲了一口，女生当时瞬间脸红了，扭头小声说："讨厌！这么多人呢！讨厌死了。"然后，哥们就一脸幸福地坏笑，好像很满意自己的恶作剧。

我在边上看得那叫一个酸啊！

我们进入密室闯关，哥们挺聪明的，每一关都能快速地破解，每次破解完后，我们想拍拍他肩膀夸句“牛啊！兄弟”的时候，他都看也不看我们一眼，转身满脸灿烂和骄傲地抱住了站在他另一侧的女朋友。

闯关的时候，一到黑咕隆咚的地方，你回头的时候，都能发现，他趁大家不注意，又偷吻他女朋友。他女朋友就像吸铁石一样，吸引着他，仿佛看到她，荷尔蒙就会分泌增多，总是忍不住想多抱抱她、亲亲她。说实话，他这种满眼冒桃心的样子，我还是第一次见。

后来晚上我们出去唱歌，再叫他，他就不出来了，天天要陪女朋友。有一次我们软磨硬泡、连哄带骂了半天，他才极不情愿地开车来了。那天隔壁包间的朋友，正好是他在美国的大学同学，最后两个包间并一个包间，乌泱泱进来一帮辣妹，据说都是校友。有些妹子觉得哥们儿挺酷的，有点周杰伦的感觉，就主动上来打招呼，这货看别的女生朝他坐过来了，就努力往旁边挪了挪，离妹子半臂远。然后，我们几个朋友实在看不下去了，就在旁边小声骂：“这货什么时候变这么正经了？正经得都不像他了。”

哥们儿自从新交了这个女友以后，本来一个酷酷的人，就快变成二十四孝男朋友了，有人在他车上抽了支烟，他就急眼了，不停喊："快！快！快！快把烟掐灭，我媳妇儿闻不了烟味！"

对方说："我都憋了半天了，烟瘾犯了，我再吸两口行不？"

哥们儿不耐烦地说："那你使劲吸！快吸！猛嘬两口，就嘬完了。"对方被他气得还是把剩下的烟掐灭，从车窗扔了出去。

"有异性，没人性"，在哥们儿身上体现得淋漓尽致。当时我们都打赌，他这段恋爱能谈多久，其他了解他的人都赌半年，因为哥们儿是出了名的花花公子，之前的恋情都是半年就结束了。但我赌，未必，没准会结婚。

后来，半年后他们俩真的结婚了。当时打赌的那些朋友问我是怎么猜到的，我说看细节啊！他对这个姑娘和对之前的女朋友不一样，每一个细节里都透露着爱，不是玩玩而已，连他看他女朋友时的眼神都温柔得如一片汪洋，快溢出来了。这么爱，陷进去，可没那么容易出来。

爱的表现就是这些琐碎的细节，一个眼神，一个小动作，一句宠溺的话，这些琐碎的细节集中起来就是爱情。爱是这世界上最藏不住的东西。有时候，静静站着，什么都不说，一个眼神，都能感觉到爱。

爱一个人的表现就是：

在看到你的信息后秒回你，发信息时，又总是他最后来结尾。

吵架后，负气离开，过一会儿消气了又自己跑回来，问你晚饭吃什么，总是不记仇。

逛街的时候，看到什么好东西，都会忍不住也买一份给你。

可能是你在玩游戏时，她蹲在地上削土豆皮，时不时抬起头温柔地看一眼你。

也有可能是，他的副驾驶只留给你一个人，别人都不能坐。

还可能是，平时在一起总是拌嘴，你突然生病了，他紧张得守在床边哪里都不去。

可能他一句“爱你”都不说，但每天回家陪你洗菜、做饭，散步、遛狗。

这就是，为什么我们走在街上，看到头发花白的老爷爷